ジャガー神の愛妻教育
～カリブ編～

Elena Katoh
華藤えれな

CHARADE BUNKO

Illustration

周防佑未

CONTENTS

プロローグ

じりじりと肌を灼《や》くカリブの太陽が眩《まぶ》しい。

これが本物の青だ――と、いわんばかりの色彩の空と海。

この地では人も獣もすべてが本能に従い、剝《む》きだしの欲望のまま、笑い、踊り、貪り、遊び、愛しあっている。熱く濃く、そして果てしなく激しく。

だけどこの大地よりもずっと熱く、ずっと激しいのはこの男のほうだ。

そして、なによりそんな男に淫らに発情している自分の肉体を、朔良《さくら》はどうしようもないほど熱く感じていた。

「ん……っあっ……あっ……ふ……っ……ああっ……っ」

さっきから、何度、達《イ》かされたことか。

俺の身体はどうしてしまったのだろう。

あまりの快楽に身悶《みもだ》えする朔良を、男はあきれたような目で見下ろしている。

「すごいな、初夜が明けたばかりとは思えない浅ましさ。処女のときの慎《つつ》ましさはどこに行った？　さすが神が私のために選んだ花嫁だというべきか」

軽く揶揄《やゆ》しながらも、口元に満たされたような笑みを浮かべている。

そのほっそりとした綺麗《きれい》な指先に、性器から滴る先走りの蜜を絡ませ、濃度を確かめるかのようにカリブの太陽に晒《さら》しながら。

「……っ……そんな………どうして……俺が……俺の身体がこんなことに……」

きらりと光る己の蜜が目に触れ、羞恥ととまどいを感じる。何とか逃れようと抗《あらが》う朔良のあごに手を伸ばし、男は唇をふさいで口内へと侵入してきた。

「ん……ふ……っう……んんっ」

甘い香り。やわらかな舌のぬくもり。濃密に舌を絡ませあうにつれ、甘美な香りがさらに強く立ちのぼってきて、こちらの神経をなやましく刺激してくる。

そういえば、ジャガーの彼からもいつもこの香りがした。

親友のように、そして兄弟のように親しくしていた漆黒のジャガー。彼からも。

南米の洋梨――ペーラ・マンテキージャ。

このあたりの梨は日本の梨とはまったく違うらしい。

触れただけでバターか練乳のように蕩《とろ》けて濃厚な蜜になり、蜂蜜のようにねっとりと重々しく絡みついてくる。

爪を立てたとたんつるりと皮が剝《む》けて蜜が滴り、口内に含むと、たちまちとろとろに蕩けてしまう魅惑的な果実だ。その蕩け具合が今の自分の身体と似ている気がする。

もっともっとと、肉体のひもじさを訴えるかのように、彼の指が軽く摘まんだだけで朔良の乳首は赤いグミのようにぷっくりと膨《ふく》らむ。

そして触られてもいないのに性器の先端からはとろりとした花蜜のような粘液がどくどくとあふれていく。

「く……ふっ――――んんっ、あぁっ」

ぴくぴくと身体を痙攣《けいれん》させながらも、熱っぽさが広がっていく下腹部の疼《うず》きに朔良は必死に耐えようとした。

「恐ろしいほど感じやすい身体だな。香りだけでこんなふうになるとは。発情期のメスでもこうはならないだろう、この先、どんなふうに変化していくのか、この身体になにを教えればいいのか……ますます楽しみになってきた」

「バカな……こんなことって……っ」

「嘆くことはない。運命だ」

「運命……だと？」

とろりとした眼差《まなざ》しで、朦朧《もうろう》となりながら、自分にのしかかる男を見あげる。

「見ろ、この世界を。こんなにも美しく豊かな場所は他にない。なにもかもが甘くやわらかく……そして麗しい。だから私が生まれたのだ」

蒼《あお》一色に染まった濃密な大空を仰いだあと、彼は朔良に魅惑的な艶笑《えんしょう》をむけた。

「そして――私のために、神が地上に解き放ったのがおまえだ。私と生きていくための運命の相手として」

彼のために？　神が？　運命の相手？

「俺が？　あなたのためにって？」

「そうだ、獣のために用意された、私のかけがえのない花嫁……」

深みのある声で囁《ささや》き、再び男がくちづけてくる。じゅくじゅくに爛熟《らんじゅく》した果肉のような匂いが重たるく口内に溶け、いつしか脳が痺《しび》れたようになっている。

「まずはなにを教えようか、私のかけがえのない愛妻に」

愛妻だと？　かけがえがないだと？

バカなことを。俺は男だ。しかも、愛妻だの花嫁だのというイメージからかけ離れた、野性的で男らしいタイプの。

そもそも士官学校の学生だ、花嫁になんてなれるわけがない――と反抗したいのに、洋梨の香りが脳を甘く爛《ただ》れさせ、反抗する気力を奪っていく。

神から与えられた逃れられない運命のように、身体が、肌が、体内が、血が、そして脳までが、この男から施される快楽の海に溺《おぼ》れこんでいこうとしている。

（どういうことだ……どうして俺の身体は……）

見あげると、雲ひとつなく、ただただ果てしなく濃密な蒼穹《そうきゅう》が広がっていた。

本当に神がそこにいるのではないか。

そんな錯覚を抱いてしまうほど、澄みわたった、それでいて深く濃い蒼穹。

それこそ地上で愚かなほど快楽にまみれている自分たちを、あそこにいる『神』が悠然と眺めているのではないかと思うほどの。

「ん……っ……ふ……あっ」

首筋に触れるあたたかな吐息が心地いい。乳首に触れる指先の動きに腰のあたりから蕩けそうになっている。

始まりはいつだったか。最初はまったくわかっていなかった。

彼の言葉の意味も、彼自身の正体も。

アルベール——この男があまりにも美しすぎるから、神は彼に二つの役目を与えてしまったのだろうか。

神がこの世に創った世界一美しく肥沃な大地を支配する帝王としての役目。

と同時に、この地に棲息《せいそく》するあらゆる獣たち——ノアの方舟《はこぶね》で運ばれてきた獣たちを庇護《ひご》するジャガー神としての使命を——。

1　ジャガーの赤ちゃん

　ほんの二、三年の短い時間だったが、朔良にはブラックジャガーという稀有《けう》な獣と一緒に過ごした楽しい思い出がある。

　出会ったのはまだ小学生に入ったばかりの、夏休み中のことだった。

『俺、今、密林の神殿跡で、ブラックジャガーの赤ちゃんを育ててるんだ。夏の初めに拾ったときは赤ん坊みたいだったのに、あっという間に大きくなって、今ではこんななんだ。何か弟みたいで、すごくかわいいんだ』

　休み明け、教室に飛びこむなり、朔良はおはようも言わずに両手を広げてジャガーの説明をした。

　しかし級友たちはポカンとしたあと、顔を見あわせてゲラゲラと笑い始めた。

『なにそれ？　朔良、頭がおかしいんじゃない？』

『ブラックジャガーなんてめったにいないのに、どうやって育ててるんだよ』

『バカじゃねーの、大きくなったら、餌《えさ》にされるっての。おまえみたいなちっさいの、頭からぱくっと丸ごと食べられちまうぞ』

次々とバカにされたあと、教師や周囲の大人たちからは非難された。

『朔良くん、ダメよ、うかつにジャガーに近づいたら危険なんだから』

『どうしたんだ？　変なウソをついたりして。優秀なおまえらしくもない』

さんざんな言われようだった。

（何で信じてくれないんだろう、本当のことなのに……）

悔しくなって、明日にでも証明しようと考えた。けれどすぐに考え直した。大笑いしてバカにしてくるようなやつらに、大事な弟分の話をするのもバカバカしいと思ったのだ。

それ以来、朔良は自分だけの大切な秘密として誰にも話さないことに決めた。

真夏の昼さがり。学校から帰ると、そのまままっすぐ密林の奥へとむかう。

濃密な蒼穹を背に、ゆったりと飛んでいるコンドルの大きな翼の影がくっきりと大地に刻まれている時間帯。

あちこちから聞こえてくるにぎやかな鳥の囀《さえず》り、虫の鳴き声、獣たちの声。

風が吹くたび、うっそうとした木々の葉がこすれあい、熱帯の甘い花の匂いと噎《む》せるような緑の濃い大気が混ざりあって駆けぬけていく。

そんな南米の密林の一角に、今はもう使われていない不思議な古代神殿跡があった。

朔良がブラックジャガーと過ごしていたのはその神殿跡だった。

中央にある祭壇で若いブラックジャガーと寄りそいながら寝そべり、上空を優雅に旋回しているコンドルを見あげて過ごす午後の時間が朔良は本当に好きだった。

勿論、両親は大反対していた。

『――朔良、小学校から帰ると、あんた、密林に行ってるでしょう。危険だからやめなさい。学校でジャガーと親友だなんて口にしていたそうだけど、野生の肉食獣と人間が友達になれるわけないいんだから』

『そうだ、古代神殿のあたりにはジャガーの他にもピューマやワニ、毒ヘビや毒グモもいる。小さな子供が空からコンドルに襲われたこともあるそうだ』

『それにマラリアの心配だってあるわ。蚊に刺されないようにしてね。奥地には言葉の通じない先住民族もいるし、左翼ゲリラが潜んでいる可能性だってあるのよ』

街外れにあるコーヒー農園で雇われ農園主として働いていた両親からよくそんなふうに注意された。

密林は入り組んだ地形で、慣れない者が迷いこむと二度ともどってこられない魔の一帯として怖れられている。

なので、絶対に入るなと言われていたが、当時、両親は仕事で多忙で、さらに妹が生まれたばかりということもあり、朔良を気にかける余裕がなかったため、注意はされたものの密林にこっそりと遊びに行っても見つかることはなかった。

両親は殆《ほとん》ど家にいない。近くに遊べるような友達はいない。

ひとりでぽつりと過ごすことが多かった淋しい子供時代、朔良には、密林にいる野生動物や昆虫が身近な遊び友達だった。

尤《もっと》も密林といっても、子供の足では、そう遠くまでは行けない。

せいぜい歩いて一時間くらい。そんな朔良の行ける範囲の、一番奥にあったのが、ジャガーのいる神殿跡だった。

朔良はそこでブラックジャガーと仲良くなった。

彼がそばにいれば、他のジャガーもピューマも、それから蛇たちも恐れをなしたかのように近づいてこない。

遺跡になった古代神殿を一緒に探検したり、地下の遺跡を探したりもした。足場の悪いところを通るときは背中に乗せてくれて。

『すごい、やっぱり伝説どおり、ここがノアの方舟の終着点なんだね』

神殿の地下には、大きな地底湖があり、そこにある祭壇にはノアの方舟が到着したと思わせるレリーフが刻まれていた。

大勢の動物を乗せた大きな舟のレリーフ。描かれている動物たちはすべて二頭ずつのつがいになっているのに、動物たちの頭上を舞うコンドルと、舟を岸辺へと導くジャガー神だけがそれぞれ単独でつがいの相手がいなかった。

『コンドルとジャガーは、このあたりでは神の領域の生物だっていうけど、そのせいでお互いにひとりぼっちなのかな』

ぼそりと朔良が呟《つぶや》くと、ブラックジャガーはちらりとレリーフに視線をむけたあと、朔良を背に乗せて地上へと舞いもどり、祭壇の前の寝台に身を横たえた。

空はどこまでも蒼く、きらきらと煌《きら》めく密林の木漏れ陽。

木々の影に溶けこむようにゆったりとくつろいでいるブラックジャガー。

彼からはいつも甘い洋梨――ペーラ・マンテキージャのような甘い香りがした。

その香りを吸いこみながら、彼の姿を見ていると、朔良は、そのまま創世記の時代へ、ジャガー神に導かれて方舟から動物たちが密林へと降りたっていくときの賑《にぎ》わいのなかへ、自分が紛れこんでいくような錯覚を抱いた。

（このジャガーは、もしかすると伝説のジャガー神かもしれない）

あまりの神秘的な雰囲気に、たまに、そんなふうに思うときがあった。

出会ったときは、まだ朔良が抱っこできるほどの赤ん坊のような大きさだったが、あっという間に大きくなり、半年ほどで凛々《りり》しい青年ジャガーへと成長した。

それでもまだ完全な成獣ではなかった。それなのに神ではないかと思ってしまうのは、それだけの優美な気高さを全身から漂わせていたからだ。

眸《ひとみ》はミステリアスなオッドアイ。右目は深く澄んだ密林のようなエメラルドグリーン、左目は眩《まばゆ》いばかりの金色をしている。

その神秘的な眸の揺らめき、やわらかくしなやかな体軀《たいく》のライン、滑らかな手触りをした黒い被毛と肌理細《きめこま》かい皮膚から発散される神聖な生気、そして甘やかな香りに触れる。

ここで永遠にこうしてゆっくりと過ごせればいいのに——そんなふうに強く思った。

まだ子供だったころの、なつかしさに涙が出るほど幸せな思い出。

もう戻れないからこそ愛おしく切ない。

そう、もう戻れないのだ。

聖なる黒いジャガーとの、あの密林の幸せな午後には。

なぜなら、その後、大きな地殻変動があり、地底湖がなくなり、その場所に密林の奥——神殿のある一帯が陥没してしまったのだ。神殿跡は数百メートルもの地底へと沈んでしまい、地上からは人の足では会いに行くことができなくなった。


それから十年が過ぎた。

現在、朔良はコロンビアの美しい山麓《さんろく》に位置する地方都市にある航空大学校の学生として、パイロットになるべく研修に励んでいた。

日系四世になるので、日本語は片言しか知らないが、東洋人の数少ないこの国では目立ってしまって、いつも学校では浮いていたように思う。

尤も、東洋人だからというのは朔良の思いこみで、両親曰《いわ》く、外見よりも朔良の典型的な日本人性格こそが悪目立ちしてしまう原因とのことだ。

『朔良って、先祖返りしたみたい。私もパパも典型的なラテン系の性格なのに、あんただけ古い時代の日本人て感じで、真面目な性格をしてるよね』

日本には一度も行ったことはないが、生真面目で、時間に正確、整理整頓《せいりせいとん》が得意、一センチの狂いもなく図形が描ける、団体行動のときに自己主張しない等々の、そうした性質が日本人ぽいとよく言われた。

そのおかげかどうかわからないが、航空大学校に入学したあと、真面目な授業態度と成績が評価されて特別奨学金が付与された。

航空大学校は、二十歳前後の男子学生数十人が寄宿舎で暮らしている。

そのなかで、朔良はいつも一番に目を覚ます。夜明けともにベッドから飛び降り、軽く焼いたパンをかじりながら小型飛行機の格納庫へとむかうのだ。

この時間の、透明感のある澄んだ空気が朔良はとても好きだ。

「おはようございます、今日もよろしくお願いします」

「朔良、また演習か。毎朝毎朝、本当に偉いな」

モーターグライダーの貸し出し用の書類を記入していると、整備担当者が感心したような口調で声をかけてきた。

「あと十数時間で中型のクラスに入れるんです。少しでも早く前に進みたいので」

朔良が小型のモーターグライダーの免許を取得したのは、数週間前のことだった。

単独での演習を認められるようになってからは、積極的に学校教材として使用されているモーターグライダーの操縦桿《そうじゅうかん》を握り、飛行時間を積み重ねるようにしていた。

「今日は天気もいい。楽しんでこい」

「ありがとうございます」

操縦席に座ると、黒髪、黒い目をした朔良の姿がコックピットの窓に映る。

白いシャツに紺色のズボンといった姿に白手袋をつけた東洋系の風貌。同級生からは切れ長の眸が凜々しくて侍《さむらい》のようだ、ラストサムライのように格好《かっこ》いいなどと言われるが、現代日本に武士や忍者がいると本気で信じている国民の誉《ほ》め言葉なので、適当に受け流すことにしている。

目を保護するサングラスと耳を保護するヘッドフォンをつけ、朔良はエンジンをかけ、スピードをあげて地上から飛び立った。

ふわっと身体が浮きあがる体感。この離陸の瞬間、朔良はたまらない心地よさを感じる。

雲ひとつない上空に浮かびあがり、進んでいくと、うっすらと雪をまとったアンデス山脈が遠方に見えてきた。

朝陽を浴びて薔薇色《ばらいろ》に煌めいている美しい山肌。

地上には、朔良が操縦しているモーターグライダーの濃い影。

離陸するときの体感も好きだが、こうして自分とグライダーとが一つになって、雄大な空をコンドルみたいに遊泳しているような体感がなによりも好きだ。

この飛行演習の記録はフライトレコーダーに記録され、免許を取得するためのトータル飛行時間に加算されていく。

あと三カ月間の研修を積めば、大型機のライセンス試験を受けることができるようになる。

朔良はそれを目標にしていた。

（今日もすごい青空だな。空気も澄んでいて、とても綺麗な景色だ）

大空を旋回しながら、山のほうに近づいていくと、大きく広がっていく密林の上空にさしかかり、その中心にそびえたつ巨大な岩山が目に入る。

ギアナ高原のテーブルマウンテンよりも鋭く険しい岩山らしい。

こうして飛行訓練をしていると、いつもその頂上に、黒っぽい野生の大型獣――ブラックジャガーが姿を現す。朔良は双眼鏡でその姿を見るのを楽しみにしていた。

（あいかわらず格好いいな）

朔良は彼の姿に気づくと、飛行機のライトを点滅させる。

伝わっているのかどうかはわからない。だが、双眼鏡越しに漆黒のジャガーがじっとこちらに視線をむけているのはわかる。

しなやかな黒い肢体、この世界のすべての権能を神から付与されたかのような、尊大なまでに優美な気品。

あのジャガーの姿を確かめるだけで、いてもたってもいられなくなるような、なつかしさや切なさがこみあげ、胸が熱くなってくる。

（あのジャガーは……あいつだ。俺の大親友で、弟分だったあいつ。兄弟——エルマノと呼んでいた。十年近く会ってないけど、あいつだってことがわかる。そして多分……エルマノも、俺がこの飛行機のパイロットだと気づいている）

空からあのジャガーを見ていると、彼と一緒に過ごした時間を思いだし、胸が締めつけられたように痛くなってくる。

親友で、家族で、そして愛しい弟だった——エルマノ。彼との愛しい日々を。

＊

エルマノ——彼が棲息している密林は、両親が働くコーヒー農園のすぐ近くにあった。

メデジンの街外れにあった巨大なコーヒー農園。

朔良はその敷地にある社員寮のような、コンクリート造りの長屋に住んでいたのだが、その後ろが密林になっていて、よくジャガーやピューマがやってくるために、建物のまわりには電気の流れる柵が設置されていた。といっても、この国のことなので、まともに柵に電流が走っているようなときはめったになく、朝、敷地内にジャガーやピューマの足跡を見かける日もたまにあった。

尤も、家畜のいないコーヒー農園よりも、肉食獣にとっては少し離れた場所にある羊や山羊、アルパカのいる牧場のほうが魅力的だったらしく、よくそのあたりで家畜が襲われたという話を耳にした。

そんなこともあり、彼らが棲息している密林には、一人で足を踏み入れてはいけないと言われていた。

だが密林は、蝶や鳥の宝庫でもあったし、奥にはノアの方舟やエル・ドラド伝説につながる神殿もあり、子供たちには憧れの場所でもあった。

朔良にとっても同じで、好奇心と冒険心から密林に分け入っていったのがブラックジャガーと出会うきっかけだった。

人のいない密林。めずらしい蝶を見つけるたび、採集用の網を振りあげながら、懸命に追いかけていく。

蝶たちにはきちんと辿っていく空中の道があり、そのルートを探そうとしているうちに、奥の神殿のほうまでやってきていたのだ。

足を進めて行くと明るかった緑の色が少しずつ暗くなり、葉の間から漏れてくる太陽の光がいっそう強くなってくる。

緑の大気と甘い果実や花の香りが噎せそうなほど濃くなっているのを感じ、自分がかなり奥のほうまでやってきたことに気づいた。

チッチッと鳥が囀り、虫が集《すだ》く声がこだまするだけの空間。このままだと帰れなくなる、そう思ったとき、木々の隙間から幾筋もの光の帯のような木漏れ陽が大地へと垂れている一帯に、黒い毛並で光を反射している小さな動物がいることに気づいた。

(あれは……)

そのとき、一瞬、密林のなかをさーっと風が駆けぬけ、頭上に咲いていた薄紫色のジャカランダの花びらがスコールのようにしたたかに降り落ちてきた。

木々の隙間から落ちてくる光を受け、吹雪のように降ってくる薄紫色の花びら。

ふんわりと麝香《じゃこう》と蜂蜜を絡ませたような上品で甘い香りがあたりに広がった瞬間、その花のむこうに神々しいほど美しい闇色をした小さなジャガーの姿があった。

(ジャガーの赤ちゃんだ。すごい、真っ黒だ。何て綺麗なんだろう)

まだ生まれて、一カ月くらいだろうか。

花びらを浴びながら、じっとこちらを見つめている。

まだ小さなジャガーでありながら、その悠然とした佇《たたず》まいに目を奪われたかけた朔良だったが、彼の身体に巻きついている鈍く光るものに気づき、はっとした。

チェーンのついた大きな鎖だ。ジャガーを生け捕りにしようと密猟者が仕掛けている罠《わな》かもしれない。

それとも誰かがわざとこんなことをしたのか。

前肢に狩りに使うような罠が食いこんでいるだけでなく、鎖で身体を縛られ、その場から動けないようにされていた。まるで神に捧げる生《い》け贄《にえ》のように。

『じっとしてろ、今、助けるから』

近づくと最初は警戒して毛を立てていた。

ううぅと唸り声をあげ、一瞬、牙を剝きだしにして彼は手に咬みついてこようとしたが、かまうことなく朔良は彼をつないでいた鎖に手を伸ばした。

敵意がないことがすぐに伝わったのだろうか、彼は切なげな眼差しで朔良を見つめた。よく見れば、金と翠のオッドアイというミステリアスな双眸をしていた。

『痛いんだね。鎖をとったら、すぐに手当てするからね』

罠についた鋭い刃が彼の前肢に食いこみ、そこからどくどくと血が流れている。

血の匂いに引き寄せられたのか、吸血虫の姿が見え、朔良はあわてて持っていた網でそれらを捕まえて籠に入れた。

このままだと血の匂いに釣られて、ピューマやジャガーが食べにやってくるはずだ。

『大丈夫だよ、あと少しだから。待ってろ』

朔良は持っていたナイフや近くにあった石を使って留め金を壊した。そのとき、うっかり罠の刃の部分で、ざっくりと手首や指先を切ってしまったが、それよりも彼を助けなければと必死になっていた。

『よかった、これで外れたよ』

彼に巻きついていた鎖がとれると、それを祝福するかのように頭上からまた薄紫色の花がはらはらと降ってきた。

陽差しを浴び、濃密な密林の緑を背に、肢を怪我したブラックジャガーの仔。なぜか神々しく、なぜか厳かに感じられる。

その光景は、熱帯を描いた油絵のカンヴァスのように、美しい一瞬となって朔良の網膜に刻まれ、ふっと頭のなかに先住民族たちの伝説が浮かんできた。

密林に住む先住民族は、エメラルドと金を手にしたブラックジャガーを神の使いとして崇めていたという話が。

もしかするとこのジャガーがそうなのかもしれないと思った。

怪我をしていた前肢を止血したあと、朔良は上着で彼をくるんでそっと家の近くに連れていった。

そしてなけなしの小遣いをかき集め、街の獣医のところに行き、自宅の猫が怪我をしたとウソをついて、化膿止めの薬をもらって彼に飲ませた。

『いいな、これを飲むんだぞ。怪我がよくなるから』

前肢を撫でながら薬を飲ませたあと、彼を抱きしめてやわらかな被毛に包まれた額にそっとキスをすると、ゴロゴロと喉を鳴らしてくれた。

喜んでくれている。そのことが嬉しくて、彼への愛しさが募った。

怪我が治ったのを確認し、朔良は彼を神殿跡にもどし、毎日のように彼に会いにそこに通った。すっかり朔良に懐いたジャガーは、神殿に会いにいくと、尻尾を下げ、おだやかな表情で近づいてきた。

人間でいえば、まだ赤ん坊くらいなので、朔良は哺乳瓶にミルクを入れ、腕に抱っこして飲ませるようにした。

俺の子供みたいだ。そう思った。

ぷにぷにとした肉球の前肢で一生懸命に哺乳瓶をつかんでコクコクとミルクを飲んでいる。その様子がいじらしくてしょうがなかった。

彼がミルクを飲み終えたら、きゅーっと抱きしめて、その額に頬をすりすりとして『大好きだよ』と言って頬や首筋にキスをくりかえす。

すると彼も朔良を母親と勘違いしたかのように、前肢で胸のあたりをまさぐり、必死でおっぱいを探そうとする。

『おいおい、なにするんだよ』

乳首に気づき、ミルクを飲むように口元を近づけてくる。

そのあどけない仕草に胸の奥がきゅんとなり、朔良は彼の前肢をつかんで、やわらかな甲にちゅっとキスをした。

『ごめんな、俺、男だから、ミルクは出ないいんだ。きみのママにはなれないいんだよ』

謝ると、彼はしゅんと耳と尻尾を垂れさせる。あまりにしょんぼりしているのが申しわけなくなり、朔良はよしよしと彼の額を撫でた。

『そうか、きみ、家族がいないいんだ。ひとりぼっちだもんな。じゃあ、俺が親友になるね。あ、ううん、家族に。ママにはなれないけど、兄さんになってやるよ。今日から、俺が、きみの兄貴だからな。いいな、弟《エルマノ》』

腕に腰を乗せるようにして抱っこして言ったあと、首の被毛のあたりに顔をすりすりさせると、その奥のほうからゴロゴロという低い音が聞こえてきた。

『それが返事なんだね。じゃあ、約束。俺はきみと親友で家族なんだよ』

朔良はそう言って、彼のヒゲの付け根のあたりにキスをした。

指でひげの先をひっぱりながら、ちゅっちゅっと音を立ててキスをすると、くすぐったいのか肉球でぽんぽんと朔良の首筋を叩いてくる。そしてペロペロと朔良の頬を舐《な》め返してくる。

『大好きだよ。ミ・カリーニョ、ミ・テソーロ、ミ・アレグリア、シエンプレ・フントス、エストイ・コンティゴ・エテールノ、メ・アセ・ムーーーーイ・フェリース』

俺の愛しい仔、俺の宝物、俺の喜び、いつも一緒だ、永遠にそばにいるよ、きみが俺を幸せにしてくれるんだ――と告げると、こちらの言っていることが理解できるのか、ジャガーは喉を鳴らし、幸せそうに顔をすりよせてきた。

『ありがとう、きみも同じ気持ちなんだね』

何てかわいいんだろう。何て愛しいのだろう。

この子は自分が護らなければ。

そんな想いが衝《つ》きあがり、朔良は他のジャガーやピューマに狙われないよう、神殿の奥に彼が安全に過ごせるような場所を探してそこにふわふわとした毛布を運んで小屋を造った。

子供ながら必死に考え、コウモリがこないよう工夫して、毒虫が近づかないよう、犬用ではあったが、虫除《むしよ》けのハーブをまわりに置いたりもした。

これならアリがのぼってくることもないだろう。蛇も嫌がるらしい。

それから、毎日、食べ物やミルクをそっと届けた。

尤も野生の動物にそんなことをしてはいけないというのは朔良もわかっていたので、彼の怪我が治ったあとは、一緒に木に登って果物をとって半分にして食べるようにした。

もう少し彼が大きくなってくると、今度は川で魚をとる練習をした。

そして朔良は焼いた魚を、ジャガーは生魚を食べ、疲れてくると、小屋に行って彼を抱きしめて眠った。

エルマノ、彼の大好物は、遺跡のなかにある洋梨だった。

一年中、たわわに実がなっているのに、他の動物や虫たちから、なぜか一切狙われていない不思議な洋梨の実。

まるで彼のために用意されているかのように感じられた。

その洋梨の木にのぼって、一緒に枝に座り、芳醇《ほうじゅん》な香りと濃厚な甘さを味わいながら食べることが多かった。

『エルマノ、きみから、いつもこの香りがする。よく食べてるの？』

洋梨を差しだすと、彼はかぷりっとそれにかぶりついて食べたあと、そのままペロペロと朔良の指先についた蜜を心地よさそうに舐めてきた。

一緒に水浴びをしたり、あちこち探検したり、昼寝をしたりするたわいもない時間。

出会ったときは赤ん坊のようだったのに、半年もしないうちに彼はすぐに大きくなり、気がつけば、朔良をくるっと抱きしめて眠れるほどの体軀《たいく》になっていた。

『すっかり大きくなって。でも俺が兄ちゃんだからな。いいな？』

ツンツンと彼の額をつつくと、わかってるよと言わんばかりに彼が朔良を抱きしめ、額や頰をペロペロとなめてくる。そのままうずくまって寝るのが大好きだった。

陽だまりのなか、草むらに横たわって一緒に昼寝をする時間の心地よさ。

艶々と黒光りする彼の胸にもたれかかり、被毛にほおをあずけていると、幸せ過ぎて涙が出そうになった。

『エルマノ、幸せだね。ずっとこうしていたいね』

話しかけると、ジャガーは尻尾をピンと立てたあと、ゆったりと下げて朔良を護るように包みこみながら、とても愛しそうにこめかみを舐めてきた。

優しいエルマノ。彼が自分を慈しんでくれている。

本当はもう自分のほうが弟分なのかもしれないと思いながらも、目が覚めると、朔良は兄のように振る舞った。

『おい、エルマノ、今日は川で、俺が、いや、兄ちゃんが身体を洗ってやるからな。おまえ、図体はデカくなったけど、チンチン、ちっせーよな。まだまだガキなんだよ』

そんなふうに言うと、エルマノはがっかりした様子で耳を下げてうなだれる。その様子がたまらなく愛らしくなり、傷つけてしまった気がして申しわけなくなった。

『ごめんごめん、ウソだよ、ウソ。おまえの、もう立派だよ。もう交尾ができるかわかんないけど、俺よりずっと。こっちはまだ毛も生えてないのに』

むぎゅーっと抱きしめ、朔良は彼の耳のあたりを撫でながら、付け根に唇をすりつけて、彼がよくしてくるように甘咬みしてみた。

そのあたりにキスや甘咬みをされるのが好きみたいで、エルマノも朔良の耳元に口を寄せ、

耳朶や耳殻《じかく》、耳の裏を愛しそうに舐めてくるようになった。甘えるように、前肢で朔良の肩にしがみつきながら。

そんなあどけない仕草から、身体は大きくなってもまだまだ彼も子供なんだと思った。

そのとたん、どういうわけか少しだけホッとした。大人になって、恋人ができたら、彼が離れていきそうな気がしたのだ。

『エルマノ、すぐに大きくなっちゃだめだよ。ゆっくり大人になってね。できるだけ長く俺のそばにいて欲しいから』

前肢をつかみながら祈るように言うと、大丈夫だよ、と告げる代わりに彼は朔良をすっぽりと腕に抱きしめ、また喉を鳴らし始めた。

そうして一年が過ぎ、二年が過ぎたころ、事件が起きた。

いつものようにジャガーに会おうと神殿に行く途中、ばったりオスのピューマと出くわして襲われてしまったのだ。

しなやかな体軀の、二メートル近くあるピューマにいきなり飛びかかられ、鋭い爪で左肩を大きく裂かれ、朔良は地面に倒れこんでしまった。

肩を前肢でおさえつけられ、首の付け根を咬まれる。

『う……っ……っ』

強い痛みと骨が砕けるような感覚に意識が遠ざかりかけたそのとき、密林のなかからブラックジャガーが現れた。

『やめろっ！』

一瞬、ジャガーがそんなふうに叫んだような気がした。

だがすでに首から大量の血を流し、意識を朦朧とさせていた朔良はそれが幻聴だったのかリアルな音だったのか覚えていない。

ただ咆吼《ほうこう》を聞き、朔良にのしかかっていたピューマがはっと動きを止めたのだけは記憶している。

成獣に近い体軀になっていたブラックジャガーは、まわりの空気を圧倒させるような威圧感を漂わせていた。

『……』

ピューマはそれまで高く伸ばしていた尻尾をだらりと下げブラックジャガーに恐れおののいたかのようにすごすごとあとずさりして去って行った。

朔良はほっとして意識を失っていた。

その後、ブラックジャガーが運んでくれたのだろう。気がつけば、テーブルマウンテンのようになった高々とした岩山の上に横たわっていた。

首筋や左肩の傷口をジャガーが舐めてくれている。おかげで出血が止まったらしい。何となく痛みも薄れていた。

上空には、一羽の大きなコンドルが悠然と大空を旋回していた。

大きな翼を広げ、蒼穹を羽ばたいているコンドル。血の匂いにひきつけられたのか、彼に食べられるのだろうか——と思ったが、違っていた。

コンドルはただただ朔良の上をひたすら旋回しているのだ。

ジャガーと一緒に見あげていると、しばらくして遠くのほうにヘリコプターの姿が見えた。

朔良を捜索していた地元の警察隊だった。

あとで知ったのだが、めずらしくコンドルが旋回していたので、不思議に思って近づいていくと、岩山の上に人間の子供と黒いジャガーの姿があったらしい。

ヘリコプターが近づくと、コンドルとジャガーは姿を消した。

そしてロープを下ろして捜索隊は朔良を保護したのだ。

『あのコンドルとジャガーは神さまの使いだ。よかったな、神さまに感謝しろよ』

運ばれる途中、救急隊員がそんなことを言っていた。もともとこのあたりに住んでいる先住民族出身の男性だった。

その後、朔良は近くの病院に運ばれ、しばらく入院することになった。

ピューマから与えられたのは思った以上に深い傷で、少しでも治療が遅れれば朔良は助からなかったらしい。

しかも出血が止まったのは奇跡的なことだと医師から説明を受けた。

ジャガーが止血してくれたと説明しようか迷ったが、先住民族でもないかぎり、ジャガー神の存在を信じている者はいないし、西洋医学の医師に言ったところでバカにされるだけだとわかっていたので、なにも口にしなかった。

(やっぱり……エルマノは神の化身なのかもしれない)

ジャガーの唾液に、鎮痛効果や止血効果、さらには麻酔効果などはないはずだが、おそらく神の持つ不思議な力で朔良の血を止め、傷を癒《い》やし、治してくれたのだと思う。

朔良はそんなふうに思っていた。

そうしてしばらく集中治療室にいたが、何日か経って、もう大丈夫だからと一般病棟に移されることになった。

その夜、不思議なことがあった。

暗闇のなか、うっすらと感じる息遣いに目を覚ますと、窓辺にジャガーらしき獣のシルエットがあり、その影が壁に刻まれていた。

朔良が目を覚ましたことに気づいたのか、そっと窓から飛び降り、ベッドに近づいてくる気配。彼が会いにきてくれたのだろうか。

(エルマノ?)

視線をむけると、しかしそこにいたのはジャガーではなく、美しい風貌をした金髪の男の子だった。

少年と青年の間、朔良よりも少し年上の男の子。月明かりだけが頼りの暗い病室だったが、神々しいほど綺麗な容姿をしていた。

『静かに』

彼は包帯が巻かれた朔良の傷のあたりにそっと手を当て、囁くような声で問いかけてきた。

『痛みは?』

『……もう……大丈夫だ』

同じように小声で返すと、彼はほっとしたように息をついた。

『命の心配はなさそうだな』

『今……窓辺にジャガーがいたはずだけど』

ちらりと窓を一瞥《いちべつ》した朔良に、彼は小さくかぶりを振る。

『いや、いない』

『でも確か……そこに』

『ジャガーは密林の生き物だ。ましてやおまえを助けたブラックジャガーは特別な存在』

『特別な?』

『そうだ。あのブラックジャガーは……ジャガー神の化身だから。ノアの方舟を導いた神の

子孫、世界一美しいエル・ドラドの楽園の帝王の末裔《まつえい》』

ジャガー神の化身。やはりそうだったのか。

この国の先住民族の間で、ひそかに囁かれている伝説のことなら誰でも知っている。

聖書の時代、ノアの方舟がたどり着いたのがあの神殿で、そこから中南米に多くの動物たちが解き放たれた。

だからこそ、中南米はあらゆる生命の宝庫なのだと。

そしてジャガー神こそがノアの方舟を導き、その化身が黄金とエメラルドによってこの世界を支配していたエル・ドラドの帝王でもあり、神がこの世に放った最高の生き物——ジャガー神でもある。

彼は今もカリブ海近くの密林に住みつき、黄金とエメラルドの楽園を護り続けていると言い伝えられている。

『驚かないようだな。あのジャガーが神の化身だと気づいていたのか?』

男の子は不思議そうに問いかけてきた。

『何となく。伝説のことはよく耳にしていたから。彼を知ってるの?』

朔良の問いかけに、一瞬、なにか考えこんだあと、彼は『ああ』と小さくうなずいた。

『彼に会いたい、助けてくれたお礼を…』

身を起こしかけたものの、動きを制止するように肩を押さえられる。

『無理だ、もう会えない』

『どうして……』

愕然《がくぜん》と目をみはる朔良の髪を撫でながら、彼は静かに言った。

『仕方ないんだ。そういう運命だから』

『いやだ、そんなのいやだ、もう会えないなんて……神か帝王なのか知らないけど……俺には大事な家族なんだ。助けてもらったお礼も言ってないし……お別れだって言ってない……俺、俺……ずっと一緒にいるつもりだったのに……彼が大好きで……』

どっと両目から熱い涙が流れ落ちてきた。もう会えないと言われたとたん、あのジャガーが自分にとってどれほど大切な存在だったのか、改めて痛感したのだ。

ミステリアスなオッドアイ、つやつやとした黒い被毛、甘い洋梨の匂い、抱きあったときのぬくもり、ゴロゴロと喉を鳴らして喜んでくれるときの愛らしさ。

『泣くな、朔良。ジャガーもおまえのことが大好きだ。大好きなおまえが泣いていると、ジャガーも哀しくなる』

『でも……でも……』

それでも泣きじゃくる朔良の頬の涙を手のひらで拭い、男の子はあのジャガーがよくそうしてくれたように、こめかみ、耳朶のあたりに唇をすり寄せてきた。そしてなだめようと唇に軽くキスしてきた。

『これは、ジャガーからおまえに。必ず再会できると信じて欲しいという願いをこめて』

『再会できるの？』

『ああ、何年かかるかわからないが、時がくるのを待って欲しい。必ず再会できるから。おまえはジャガー神が運命の相手と認めた唯一の人間だ、選ばれた相手だから』

『……っ』

意味がわからず、朔良はきょとんとした顔で彼を見つめた。

『この首の傷……本来なら死んでたんだよ。でも運命の相手だと決めていたので、ジャガー神は、神に一番近い場所所で、おまえに蘇生《そせい》の儀をほどこしたんだ。コンドルが見守るなかで、伴侶としての種を植えつけたんだよ』

『蘇生？　種って？』

確かに、傷口を癒やすかのように首筋を舐められていた。コンドルが旋回しているところ、岩山の頂上で。

『その意味はいずれわかる。今はまだ、伴侶の証《あかし》を植えつけられただけだ。おまえの傷を癒やし、命を救うために。いつか再会するときのために』

『再会って……いつ』

『時がくるまでは。楽園の帝王になるとき、彼は必ず迎えにくる。運命の相手、永遠の伴侶、ともに楽園を護っていくつがいにするために』

永遠の伴侶、楽園を護っていくつがい。それは永遠の親友、あるいは仲間として、密林にあるジャガー神の帝国にきて欲しいという意味なのか。

『どうした、変な顔をして。ジャガー神の相手になるのがイヤなのか？』

『イヤもなにも……よくわからなくて。勿論、俺は彼と一緒にいたいけど』

『イヤならイヤでもかまわない。ジャガー神が迎えにきたときに、そう伝えろ。おまえが人間として一般社会で暮らしたいと希望するなら、ジャガー神も無理強いはしない。そのときになって蘇生の儀を帳消しにしたりはしない。彼はおまえを心から大切に想っている。おまえには、一番輝ける生き方をして欲しいと願っているのだから』

彼がそんなにも自分のことを――――。

『迎えにくるまでに、じっくりと考えておいてくれ。再会したとき、どうするか』

『もう密林に行っても……彼には会えないのか』

『会いたければ、空に行くしかない』

『空？』

『ジャガー神は、神から解き放たれたコンドルと結ばれ、天と地を支配して邪悪な侵食者から黄金の楽園を護る――とされてきた。だが人間が天空を侵し、神が放ったコンドルの行方を見失ってしまった。だからジャガーはいつも空を見あげている、天空に近い場所で』

『天空に近い場所……』

『もしジャガーに会いたければ、天空に行けばいい。見つけることができるはずだ』

『本当に？』

『ああ、おまえはきっとコンドルになる。ジャガーを天空へと導く存在になるはずだ』

*

そう告げて去って行った、あの男の子は何者だったのだろう。

翌日、目覚めると彼の姿は消えていた。医師や看護師、他の入院患者に尋ねてみたが、それらしき姿を見た者は誰もいなかった。

ジャガー神の使いなのか、それとも部下、或いは、楽園の住民なんだろうか。

その後、ジャガーとは会わないまま、もう十年が過ぎてしまった。

あの男の子が言ったように、ジャガーに会えなくなってしまったのだ。

朔良が入院している間に大きな嵐があり、そのあと崖が崩れ、神殿のあたりは大きく陥没して地底に沈んでしまった。人間の足ではもう行くことができない。

そう、今ではもうこうして双眼鏡越しに空から見ることしか。

（楽園があるかどうかはわからないけど……多分、きっとあのときのブラックジャガーがその伝説の王さまで……今、俺の操縦している飛行機を眺めているのが、そのときのジャガー

だ。神の使いだから、俺のことがわかるんだ……多分）

何の確証もないが、そんな気がしていた。

まだ幼いときの、たわいもない時間だったかもしれないが、エルマノと名づけたジャガーと過ごした思い出。

それから彼に命を救ってもらったことへの感謝、そして再会への希望が、その後の朔良の人生に多く影響している。

（天空に行けというのは……こういう意味だったのかどうかわからないが……確かに、ここからならいつでも彼に会える）

岩山の上にいるブラックジャガーを見かけるたび、懐かしさがこみあげ、操縦席にいるのを忘れて見入ってしまいそうになる。

天空へ行くにはどうすればいいのか――と考え、あのあと、朔良はパイロットになる決意をした。

コンドルの領域に近づきたい、彼に会いたい、コンドルのようになりたい――という気持ちで。

ここにいれば、彼に会える。

そのことに喜びを感じながら、最後にもう一度、遠方の彼にライトで合図を送ったあと、朔良は清々しい気持ちで朝の自主訓練飛行を終えた。

しかし格納庫にむかうと、さっきまでいた警備員や整備士の姿がなかった。

(どうしたんだろう。今から戻ると信号を送ったときは返信があったけど……)

十分も経っていないのに。

それとも朔良からの信号を見たあと、安心して朝食でも食べに行ったのだろうか。

この国では、ルールはあまり細かく守られてはいない。そういうこともあるからと納得しながらグライダーをしまったあと、朔良は寮へともどった。

コンクリートの打ちっ放しの部屋に、ユニットバスとキッチン、古びたパイプベッドとつぶれそうなデスクが置かれた簡素なワンルームがそれぞれの学生に与えられている。

早朝練習を終えたあと、部屋にもどり、朔良はシャワールームへとむかった。

浴室の鏡に映る、百七十五センチのすらりとした若い男の裸身。

今もまだ細身の体軀の首筋と肩にうっすらと傷痕が残っている。ピューマの咬み痕にしては、傷が浅かったらしい。本来なら骨が砕けたような致命傷だったはずだ。

(運命の相手と認めたから蘇生させた……あのときの彼の言葉どおりなら、いつかジャガーが俺を迎えにくることがあるのだろうか)

そんなことを考えながらシャワーを浴び、地下のランドリーにむかおうと、バスケットにタオルや下着を放りこんでいると、慌ただしくドアをノックする音が聞こえてきた。

ドンドンドン、ドンドンドン、ドンドンドン!

「おいっ、朔良、朔良、いるのか？」

けたたましくドアを叩く音に、朔良は腰にタオルを巻いた格好で扉を開けた。

「どうしたんだ」

血相を変えて現れたのは、隣室の同級生、ホセだった。

「大変だ、この大学、借金でクビが回らなくなったから廃校になるって」

まさか。さっきまでグライダーで朝練をしていて、職員も普通に働いていたのに、いきなりそんなことになるなんて。

「今、債権者がやってきて、学校を廃校にするって通達があったそうだ」

「そんな……」

朔良が呆然と突っ立っていると、騒ぎを聞きつけた他の生徒たちも廊下に出てきた。

「どうなってるんだ、廃校ってマジかよ」

「全部差し押さえだって」

蒼白《そうはく》な顔で生徒たちが大騒ぎをしていると、生徒会長をつとめているリッカルドというスキンヘッドの男性が現れた。

「おいおい、落ち着け。今から債権者による話があるそうだ。全員、制服を着て、三十分後に食堂に集まってくれ」

債権者……。ではやはり借金で差し押さえされるのは本当なのか。

「どうしよう……廃校だなんて」

困惑した面持ちのまま、部屋にもどり、朔良は大学校の制服をとりだした。

白いシャツに、コンドルをモチーフにしたゴールドの胸章のついた濃紺の上下とネクタイ、そして帽子。あとは鹿革の白い手袋をつけていく。

着替えを済ませると、帽子を胸に抱えながら朔良は窓を開け、上空をゆったりと飛んでいるコンドルに視線をむけた。

緑に包まれた高原の上に、雄大に飛ぶコンドルの影が刻まれ、さわやかな春の風が朔良の癖のない黒髪をなびかせている。

（廃校になったら、もう空を飛べなくなる。どうしよう）

コンドルが国章にも使われているカリブ海と太平洋に面した南米のコロンビア。

ノアの方舟伝説以外も、かつてはカリブの海賊が暗躍し、黄金郷エル・ドラド、エメラルドの楽園とうたわれたロマンティックな国だった。

だが、いつしかマフィアとコカインで悪名だけが高くなってしまった。

この国で、朔良はコーヒー農園で雇われ農園主として働く日系人夫婦の長男として生まれた。七歳年下の富士子《ふじこ》という妹とともに、裕福ではないが、そこそこ平和な暮らしをしていた。

両親の夢は、コーヒー農園を買いとって、大きく広げていくことだった。

両親が必死で金を貯めているのを知っていたので、朔良は高校を出たあと、奨学金がもらえる航空大学校に進学した。

教師からは、朔良の成績なら士官学校に進学するべきだと言われたが、授業料が免除され、生活費が支給される大学校を選んだ。

そうして両親はようやくコーヒー農園を買いとったのだが、その直後にマフィアから麻薬の密売に協力するよう命令されてしまった。

日本に輸出するコーヒー豆に紛れこませ、大量のコカインをアジアに輸出する、その密売ルートの開拓に適しているとして、日系人の両親が目をつけられたのだ。

父の仕事仲間がマフィアとつながりを持ち、一緒に大もうけしようと話を持ちかけてきたのだ。勿論、両親はすぐに断った。

その結果、両親は命を狙われるようになって隣国ペルーに逃げこみ、今は日本食料理店を経営しているリマの親戚のところで働いている。

（早くパイロットになって、両親へ金銭的に協力したいと思っていたけど）

もしかすると、もう夢をあきらめ、自分も両親のところに行き、金を稼ぐのに協力したほうがいいのではないだろうか。

「行くぞ、朔良」

トントンとノックし、ホセが誘いにやってくる。

航空大学校の制服を身につけ、朔良は廊下に出た。

講堂に行くと、制服姿の四十人近い学生がぞろぞろと集まっていた。

みんな、不安そうな面持ちをしている。誰ひとり遅刻をしていないということは、相当、将来のことが心配なのだろう。

生徒会長のリッカルドが壇上に現れ、マイクを手にとる。

「聞いてくれ。急な話だが、この航空大学校は閉鎖されることが決まった。借金があったのはみんなも知っていると思うが、この土地は左翼ゲリラ軍のものとなり、我々は今日中に荷物をまとめて出ていくことになった」

今日中という言葉に、一斉にどよめきが走る。

「どーすんだ、今日中なんて無理だ、どこに行けっていうんだよ」

「左翼ゲリラ軍か。なら、どうしようもねーよ。あいつらの裏には、この国最大の麻薬カルテル——マフィアがいるんだから」

生徒たちのざわめきを無視するかのように、リッカルドが大声で言葉を続ける。

「ただし、この学校の生徒で、パイロットの免許を取得している学生にかぎり、特別に受け入れたいという学校がある。学費は免除、生活費も支給される」

「ええっ！」

講堂内が再び大きくどよめいた。

「編入先は、ここから北に数百キロの場所にあるカルタヘナ士官学校の空軍航空科パイロット養成コースだ。資料を配っておく。希望者は、午後四時、バスで出発するので、そのときに校門の前に集合。それ以外の学生はすみやかに退校の準備を」

カルタヘナ士官学校空軍航空科……。

南米有数のエリート校である。超難関で、優秀な者しか入学できない。

昔、教師から進学を薦められたが、学費の高さに驚いた学校だった。

（そこに、全員無料で？　そんな都合のいい話が本当にあるのか）

配られた資料を手にとり、朔良は中身を確かめた。

スーパーエリート校である。この大学とは規模も人数もまったく違う。金がなくて兵士を目指す学生たちのブートキャンプでもない。

カリブ海の地の利を考慮し、陸海空軍の士官を一斉に養成する四年生の大学で、三年生になってからそれぞれ陸海空の軍人養成コースに分かれると記されていた。

空軍コースの学生は飛行機を操縦するだけでなく、将来、空軍の指揮官になれるだけの知識と教養、精神力を要求される。

（ここなら……最新鋭の飛行機に乗れるのか）

校内は学生の自治組織で成り立っている。英国王室の人間が入学しているような王立陸軍学校の雰囲気を継承しているらしい。制服も英国陸軍士官学校のものにそっくりだ。

生徒を代表する総監には、陸軍科の最終学年に在籍するアルベール・ソレルという学生の名が記されていた。

（すごいな、この男が、いずれこの国の大統領か将軍になるんだろうな）

息をつき、部屋にもどろうとしたとき、後ろからホセが話しかけてきた。

「どうする、朔良、空軍の航空科だってさ」

「行くよ」

即答した。ジャガーがいる密林から遠ざかりたくはないが、飛行機なら一時間ほどの距離だ。演習のときにこちらにやってくることもできる。

「空軍だぜ、おまえ、戦闘チームに加わる気ないだろ」

「ああ」

「じゃあ、どうして。救難飛行艇に乗るのが目標だって言ってたのに」

「空軍の仕事に救難活動が含まれている。パイロットになる訓練ができるなら、俺はどの組織でもいいんだ」

「そういうものか？」

「ああ。習得できるだけの技術、もらえるだけの資格、すべて手に入れたいから。それに……この学校を追いだされたら、行く場所がない。他の航空学校を受験していたら、金も時間もかかる。それなのに、来て欲しいと申し出てくれるなんてありがたい話だ。ましてや、南米でも一、二を争う有数の学校から」

「朔良がそう言うなら、俺も行くよ。今さら、親に金を無心できる立場じゃねーし、ただなんてありがたいもんな」

「その分、ハードな毎日になると思うが、得られるものも多いはずだ」

「あいかわらず冷静だな。急に環境が変わるというのに全く動じていない。さすが学校一のパイロット候補生だ……侍は違う」

からかうように言うホセの頬をグーで軽くつつくと、朔良は軽く苦笑した。

「侍は関係ない。もともとの性格だ」

侍、つまり日本人だから冷静なのではない。

昔から物怖じしない、前向きな性質ではあった。

だが、それ以上に、多分、一度、死んで蘇生した経験のせいだ。

十年前、ピューマに咬まれたあのとき、ジャガーがいなければ完全に朔良は死んでいた。

今、自分が生きているのは、彼のおかげだ。

そう思うと、この生を無駄にしていられない、与えられた命を、精一杯、大切に生きていきたい、蘇生させてくれたジャガー神に恥じないように、誇りをもってこの生をまっとうしたいという気持ちになるのだ。

「じゃあ、午後四時に」

部屋にもどると、朔良は荷物をまとめ始めた。

荷物といっても、航空関係の書物と数着の衣類や靴くらいしかない。あとは家族の写真を飾ったフォトフレームがひとつ。

支度を終えると、朔良はペルーのリマにいる両親に電話をかけた。

『どうしたんだ、めずらしいな、おまえから電話なんて』

電話に出たのは父だった。朔良は今日のことを端的に説明した。

「……ということで、このメデジンから、今夜のうちにカルタヘナに移動することになった。士官学校に編入するために」

『すごいな。有名なエリート校じゃないか。すばらしいよ。それにカルタヘナはとてもいい街だ。美しい海と蒼い空、夢の楽園のような場所だ』

「俺は、密林や山に囲まれたこの街のほうが好きだけど」

『バカ言うな。今いるメデジンよりもずっといい街だぞ。カリブ海一のリゾート地だし、治安もいいし、美女もいっぱいいる。きっと彼女が見つかるぞ』

『彼女なんて……』

『バーカ、富士子なんて彼氏と遊んでばかりだぞ』

「彼氏って、まだ十四歳なのに。ちゃんと勉強するように言わないと」

『いいじゃないか。恋も勉強のうちだ。学校の勉強なんかより、ずっといい人生勉強になる』

「父さん……学校の勉強よりって……それ、富士子の前でも言ってるのか」

『当然だ。父さんからすれば、おまえのほうが心配だ。父さん似のいい男なのに、今まで一人の彼女もいないなんて。パイロットになるのもいいが、せっかくだ、カルタヘナのビーチで、コロンビア美人の一人や二人、とっつかまえてこい』

「ハハ、わかったよ。あ、じゃあ、今から行くから。元気でがんばって」

『おまえもな。本当によくできた息子だ。俺たちの誇りだよ。カルタヘナ士官学校だなんてみんなに自慢できる。いいパイロットになるんだぞ』

明るい父の声がなつかしい。家族の顔が見たくなる。両親とも、まっすぐで陽気で、お人好しな性格をしている。結果的に親友にだまされ、マフィアに目をつけられて、結局、この国にいられなくなってしまったが。

(それでも……マフィアに狙われて、殺されなかっただけマシだ。生きているだけで)

かつては、この国ほど恐ろしい国はないと言われていた。

黄金の国、エメラルドの国とは名ばかりで、朔良が生まれたころは、巨大な麻薬帝国として世界に悪名を轟《とどろ》かせていた。

とくにこのメデジンを中心とした犯罪シンジケートは世界的にも名高かった。アメリカとコロンビアの特殊部隊によって、ドンが射殺されるまでは――――。

今では国家をあげて観光に力を入れるようになり、麻薬王のいるメキシコや政情不安のべネズエラのほうが悪名を轟かせるようになってしまった。

だが、それでもまだ水面下では麻薬で巨万の富を得ようとしている者が暗躍している。そしてそうしたやつらが、両親からコーヒー農園を奪いとり、コカインの精製工場にしてしまったのだ。

（絶対に許せない。マフィアは本当にこの国の悪魔だ）

卑怯《ひきょう》きわまりない。

今回のこの学校の閉鎖も似たようなことが原因なのだろう。

（誇りといえば……俺にとっても、父さんと母さんの姿は誇りだ）

おおらかで脳天気な性質ではあるが、曲がったことが嫌いで、人情味にあふれている。

だからマフィアに脅されても屈することなく、密売への協力を断った。

その結果、この国を追われてしまったが、ちゃんと正義を貫いた両親の生き方を朔良は心から尊敬している。

ジャガー神に助けられたことへの誇りと同時に、両親の生き方もまた朔良の生きる指針となっているのだ。

何事にも動じず、時間を無駄にせず、誇り高く、今を懸命に生きていくという。

2　つがいの誓い

「おいおい、何なんだ、この山道は」

「ガタガタで眠れねーじゃないか」

「うわっ、椅子が壊れた！」

　夕方、予定よりも一時間遅れで航空大学校を出発した小さなマイクロバス。

　ガタガタと石を踏むたび、車体が音を立てて大きく揺れ、車内のあちこちから、生徒たちの不満や悲鳴の声が響きわたる。

　すぐにガス欠を起こしそうな、おんぼろのバスに二十数名の生徒が荷物ごと詰めこまれ、夕暮れの山道を運ばれていく。

　高々とした山間部にあるメデジンという街から、山道や密林を通り抜けてカリブ海の沿岸部にあるカルタヘナへ。

　途中、ゲリラと出くわしたら、すぐに金を渡せるよう、脅されたとき用の財布やダミー用のスマートフォンをポケットにしまい、本当の貴重品はそれぞれ座席の下や床のシートの下や靴の中敷きの下に隠しておく。

日本では、トラックで荷物を運んでくれる信頼できる宅配業者というものが存在するらしいが、ここではそんな仕事は成り立たない。たちまち山中でトラックが襲われ、運転手はその場で殺され、荷物を根こそぎ奪われておしまいだ。

やがて赤い夕陽が山全体を染め始めたとき、夕飯だと、街道沿いの小さなモーテルの前でマイクロバスが停められた。

「ここのバルで夕食をとる。休憩時間は三十分」

運転手の後ろに座っていたリッカルドが声をかけると、生徒たちがやれやれと疲れた面持ちで立ちあがる。

外に出ると、荒涼とした冷たい風が頬を叩く。

山間の街道沿いにある名前もない小さな集落、その入り口にあるモーテルを兼ねた酒場《バル》。

駐車場には数台の車が停まっている。建物のむこうは深く切り立った断崖で、下のほうには川が流れているらしい。そこから吹きあがってくる風が不気味な冷たさを孕《はら》んでいた。

「やれやれ、ケツがいてーの何のって。何だよ、このポンコツバス」

「こんなもんだろ、うちの国のバスなんて」

口々に文句を言いながら、ぞろぞろと店内へとむかっていく。

そのとき、朔良はきな臭い空気を感じて眉をひそめた。

何だろう。荒《すさ》んだ雰囲気を感じる。なにかが変だ。集落にある建物の窓のせいだろうか。

シャッターがすべて閉じられている。街道沿いに点在する家々もまったく明かりがついていない。

駐車場のコンクリートの壁には、くだらないエロ単語を書き殴ったような落書き。転がっているビール瓶や缶には銃弾の痕。倒れたゴミ箱から飛びだした食べ物を漁《あさ》っている野良犬や烏《からす》がいる。それにあちこちに散乱するゴミ。都会の貧民窟《ファベーラ》によくあるような、饐《す》えたにおいが漂っている。この国ではありがちな光景とはいえ、治安の悪さがにじみでている雰囲気だった。

朔良は息を殺し、警戒しながら店内に入っていった。

カウンターに置かれた旧式のブラウン管テレビには、サッカーの中継が映しだされている。客がきたことも気にせず、カウンター内で働いているオヤジはサッカーに夢中な様子で、テーブルには皿やグラスが置きっ放しになっていた。壁際にはスロットゲームをしている男たち。彼らは朔良たちに気づき、なにやら大声で話し始めた。

「おいおい、見ろよ、このあたりにはめずらしい、若い学生さんたちだぜ」

「上品な雰囲気だな。どこの坊ちゃんたちだ」

ひげ面の、いかにもといった悪人風の男が数人。

彼らを無視して、カウンターにむかう。

全員、それとなくまわりに警戒の目をむけながら、軽食と飲み物を注文する。

カウンターのオヤジから、パンの上にトマトとハムとチーズをのせたサンドイッチを受けとり、ミネラルウォーターを飲んでいると、ホセが耳打ちしてきた。

「あいつら、なにか仕掛けてくるぞ」

「ああ、多分、金を要求してくるだろう。さっさとバスに戻ろう」

学生同士で目配せし、全員で店をあとにしようとしたそのとき、壁際にいた数人が入り口のドアの前に立ちはだかった。さらに後ろからきた数人が銃をむけてくる。

「金を出せ。そこに置いていけ」

覚悟していたかのように全員がポケットから金を出し、カウンターに重ねていく。

こういうとき、絶対に逆らってはいけない。とりあえず金を置いていけば、相手は満足する。命までは奪わない。

悔しい思いをしながらもポケットから十ドル相当の金を出し、カウンターに置こうとしたそのときだった。

「え……っ」

先頭で銃を手にしている男と視線があった。

コーヒー色の浅黒い肌、くるくると巻いた短めの黒髪のぎらついた目つきの口ひげの男。口には銜《くわ》え煙草《たばこ》、手には破壊力のあるイスラエル製のデザートイーグル。白いシャツに木綿のパンツを身につけたその男を見た瞬間、朔良は全身を凍りつかせた。

両親の友人だった男。父をだまして借金の保証人にし、その代金代わりにマフィアの麻薬密売に協力しろと脅してきたペピートという男だった。

(この男……ペピートだ……)

むこうも朔良に気づき、口元に歪《ゆが》んだ笑みを浮かべる。

「朔良くんじゃねーか、ずいぶん立派になって」

ペピートは、ぺっと煙草を床に吐き捨て、靴の裏でぐりぐりともみ消した。

朔良くん——という声の響きに、激しい怒りがこみあげてくる。念願のコーヒー農園を手に入れたと大喜びしていた両親の顔が脳裏に浮かび、全身がわなわなと震えた。

「朔良くんが航空大学校に進学したのは知ってたが、ずいぶん立派になって。信じられないほど、いい男になったじゃねーか。ハリウッドの綺麗なアジア系俳優のようだぜ。父ちゃんもいい男だったし、母ちゃんもむしゃぶりつきたくなるようなべっぴんだったが、おまえさんも男娼《だんしょう》になれば恐ろしいほど高く売れそうな色男ぶりだな」

鈍色《にびいろ》に光るデザートイーグルの銃身でぽんぽんと朔良の頬を軽く叩いたあと、ペピートは揶揄《やゆ》するような口調で言った。

「ふざけんな!」

朔良は金をポケットにもどした。

「バカ、朔良、逆らうな、金を出すんだ」

「ダメだ、反発したら」

後ろからホセやリッカルドが声をかけてくる。だが朔良はかぶりを振った。

「いやだ、一ペソだって払う金はない、こいつにだけは」

逆らってはいけない。金を払ってさっさとここを出て行くのが賢明。それはわかっている。しかしどうしてもこの男にだけは金を渡したくなかった。

「おいおい、抵抗するとどうなるかわかってるだろ。早く金を置いてけ」

「断る」

と言った瞬間、ペピートに銃身でガンっとこめかみを殴られる。

「うぐ……っ」

瞼《まぶた》に火花が散ったが、その場に倒れこむことはなく、睨《にら》みつけるだけの力が残っていた。

「いい度胸じゃねーか。裏に連れてけ」

ペピートが隣の男に言うと、朔良は両脇を抱えられた。ぐいっと身体を持ちあげられ、こめかみにペピートから銃口を突きつけられる。

「他のやつらはさっさと出発しろ！　おまえらの命は助けてやる」

学生たちは銃をむけられ、すごすごと背をむけて去っていく。

「朔良……」

心配そうにホセは振り返るが、朔良はかぶりを振った。

行け。俺にかまうな、と伝えるために。

こういうときは、誰も助けてくれない。いや、助けてはいけないのだ。自分の身は自分で護る。それが無事に生きていくための鉄則だから。

「さあ、おまえはこっちだ」

店の裏の崖に連れていかれる。崖の下から吹きあがってくる冷たい川の風が肌を打つ。

密林の奥からピューマの咆吼《ほうこう》がうっすらと響きわたっていく。近くの村に家は建っているというのに、一軒も明かりがついていないため、視野一面が夜の闇に包まれている。

「そこに立て」

崖の先端で、腕をつかんだ男にこめかみに銃を突きつけられたまま立たされる。

数メートル離れたところにペピートたち数人が並び、一斉に朔良に銃口をむけてきた。

鳥の嘴《くちばし》のように尖《とが》った岩山の出っ張った部分。どこにも逃げ場はない。

後ろには、暗い川面があるが、まったくなにも見えない。

「自殺の名所だ。深い川が流れている。助かった者はいない。万が一、川に落ちて助かったとしても、ワニがいる。まわりの密林は野生動物の楽園だ」

朔良は息を呑んだ。

「昔のよしみだ。おまえさんには、一回だけチャンスをやろう。三者択一だ。一、潔く殺される、二、そこから飛び降りる、三、俺たちの奴隷になる」

「……な……」

「奴隷にする前に、全員でその身体を楽しませてもらう。たっぷりかわいがってやるぞ」

「俺は……男だぞ」

「おまえなら、男でも楽しめるよ」

殺されるか、危険な川に飛びこむか、奴隷になるか。確実に生き残りたければ三を選ぶしかないが、人間として最低な選択だけはしたくない。

「さあ、選択しろ」

ペピートがにやにやしながら命令してくる。

「ふざけるなっ！」

朔良は一瞬の隙をついて、隣にいた男のみぞおちに肘《ひじ》を埋めこんだ。

「うぐっ！」

ふいをつかれ、警戒をゆるめた男からすかさず銃を奪うと、その肩をつかんでねじ伏せるようにひざをつかせ、後頭部に銃を突きつけた。

「動くなっ、こいつを撃つぞ！」

この男を人質にして逃げよう。一か八か。それしかない。

しかし次の瞬間、ペピートの銃が火を噴いた。

「――――っ！」

静かな山間に、銃声が鳴り響く。硝煙《しょうえん》のにおいとともに朔良が肩をつかんでいた男の身体が傾き、ばったりとその場に倒れる。

ペピートが放った銃弾が男の眉間を貫き、息をする間もない早さで絶命してしまっていた。つまり即死だった。

「おまえ……仲間を……」

呆然と目を見ひらき、朔良はペピートを凝視した。

「油断して、敵に捕まるような男は、足手まといなだけだ」

冷徹なペピートの言葉に朔良はこれまで以上の激しい怒りがこみあげるのを感じた。

(この男……平然と仲間の命をこんなふうに)

彼はかつて両親とともに農園に勤務していた。

貧しいながらも、妻子を養おうと真面目に働いていたはずだ。

互いの家を行き来することもあり、ランチに招待しあったり、休日に一緒にバーベキューをしたり。そのときはこんな悪党ではなかった。なにがこの男を変えたのか。

(いや、今はそんなことを考えている場合じゃない。今は何としてもここから逃げる方法を考えなければ)

息を殺し、朔良があとずさりかけた瞬間、ペピートがトリガーに指をかける気配を感じた。

殺される——!

パンッ、パンッと乾いた銃声があたりに響いた。

「く……っ！」

反射的に朔良は後ろに下がっていた。衝撃が肩をかすめ、後ろに倒れこみそうになりながらも何とか踏みとどまる。

血が飛び散るのがわかったが、撃ちぬかれていない。だがその次の瞬間、ペピートが命令し、続いて、別の男たちが銃弾を放ち始めた。

「うっ」

銃弾を浴びた身体が勢いで吹き飛びそうになる。今度こそ駄目だと思ったが、朔良は最後の力を振り絞るように断崖から飛び降りた。

助かるにはこれしかない。ここで殺されてたまるものか。

（父さん、母さん、富士子……そしてエルマノ……もう一度、会いたい。迎えにくるって、いつか会えるときがくるって。だからここでは死ねない）

ペルーにいる遠く離れた愛しい家族、そして幼い日にともに楽しい時間を過ごしたブラックジャガー――エルマノの姿を思い浮かべながら、朔良は真っ暗な谷底にむかって勢いよく落ちていった。

刹那、幼いときに耳にした言葉が甦る。

『おまえはきっとコンドルになる。ジャガーを天空へと導く存在に』

誰だ、誰かがそう言った。

そうだ、彼だ。ジャガーに助けられたあと、入院している病院にやってきた金髪の男の子。彼が最後に言った言葉だ。コンドルになれ、天空に行けと言った。

「く……っ」

死にたくない、コンドルなら空を飛べたのに。

ああ、そうだ、コンドルなら。

空中でもがきながら、必死に手を伸ばしたそのときだった。

指先に木の枝が触れた。

「――っ！」

反射的につかんだ。しかし落下のスピードと勢いに負け、枝がバキバキと音を立てて折れてしまう。

それでも運良く朔良の衣服が別の枝に引っかかり、宙づりのような格好になりながらも、かろうじて落下は免れた。

「よし……」

朔良は枝をつかみ直した。川面ぎりぎりのところだった。

身体の少し下のほうをすごい勢いで川が流れている。激しい水音とこのあたりの地形から察すると、すぐ先に大きな滝があるはずだ。その下に滝壺《たきつぼ》があり、その先にワニの繁殖地になっている一帯がある。

「く……う……っ」

何とかして枝を移動して川に落ちないようにしなければと思うのだが、銃であちこち撃たれたため、意識を保つだけで精一杯だった。

しかも手にしているのが細い枝だったため、根元のあたりでパキパキと折れそうになっているのがわかった。

もう駄目か。今度こそ、本当に……。

枝が折れる音とともに身体が再び引力に負けて急降下していきかけた瞬間、突然、黒い獣の姿が見えた。

優美な体躯の、巨大なブラックジャガー――エルマノだった。

月の光がその美しい姿を浮かびあがらせる。彼は別の木からこちらの木へと飛び移り、朔良を背で受け止めてさっと飛び降りていった。

そこは地面ではなく、滝口に突きでた岩棚のひとつだった。

『しっかりと捕まってろ、安全なところにむかう』

そう言われた気がして、朔良は彼の背にしがみついた。

聞き間違いではない。ブラックジャガーが話しかけてきたと思うのだが、今、冷静に分析している余裕はない。ただ彼につかまっているだけで精一杯だった。

彼は滝口に突きだした岩から対岸へと飛びわたったかと思うと、ものすごいスピードで密林の間を疾走していった。

うっすらと漂ってくる洋梨のような甘い香り。

ああ、彼の香りだ。助けにきてくれたのだ。

こみあげてくるなつかしさに胸が熱くなり、目には涙がにじんでくる。しかし朔良の身体には、もう再会の喜びを味わうだけの余裕はなかった。

「あ……っ……」

会いたかった。大好きだよ。そう言いたいのに声が出ない。

身体から命が失われていくような、この感覚には覚えがある。ピューマにやられたときと同じだ。傷口からかなり出血している。もう死ぬのだろう。

けれど最後に会えてよかった……。

ジャガーは洞窟のような場所を流れていく水路の傍らの道に分け入っていった。

どのくらい暗闇を進んでいったのか、気がつけば、古代神殿の祭壇に朔良は横たわっていた。そこはかつて一緒によく過ごした神殿跡だった。

地殻変動があり、数百メートルも地底に沈んだと言われているが、確かに以前とは違い、切り立った岩肌に囲まれ、人が簡単に来られないような空間になっていた。

月の光がまわりの草花を浮かびあがらせている。

苔むした石の神殿。そのまわりにはジャカランダと梨の木。うっすらと枝で休む極彩色の綺麗な鳥の姿や、あちこちを走り抜けていく小動物の影が見えた。

「……俺……死んだね」

問いかけると、ブラックジャガーが切なげな眼差しで朔良を見下ろした。

月の光がジャカランダの木々の間から漏れ、紫色の桜のような花びらを背に、漆黒の麗しいジャガーの姿を浮かびあがらせる。

碧《みどり》と金の美しいオッドアイ。昔と変わらない。

「でも……よかった……最後にきみに会えて。大好きなエルマノ。ずっとずっと……会いたかったんだ。十年前も助けてくれたよね……ありがとう……やっとそのお礼が言える……」

朔良はブラックジャガーに手を伸ばした。

「……空から……合図を送ったの……気づいてた?」

ブラックジャガーは『ああ』と声にならない声でうなずいた。

「俺……コンドルのように飛びたくて……パイロットの学校に行った……そうしたら、いつか空から……きみに会いに行けると信じて……」

だんだん身体から力が抜ける。本当にこのまま死ぬ。そう覚悟したそのとき、エルマノが、突然、朔良の上にのしかかってきた。

『死なせない、おまえは……私のものだ。ずっと一緒にいて、すぐに大きくならないでと言ったのは誰だ』言葉が聞こえてくる。はっきりとした言葉というよりも、脳に語りかけるような言葉ではあったが。

『あのときだって、そのために蘇生させたのだから』

「エルマノ……」

『命をつないでやる……だから私のものになれ』

「……きみのものって……」

それはつまり……この身体を食べるという意味だろうか。

『神の前で誓え。おまえがもう少し成熟するまで待つつもりだったが、時間がない。生き残りたければ、ここで神に誓うんだ。私の、ジャガー神のものになると』

ジャガーは石造りの神殿に視線をむけた。

密林のなかにひっそりと建つ小さなピラミッド型の神殿。青白い月の光に照らされ、ピラミッドに似た神殿跡がきらきらと煌めいている。

ここで、このブラックジャガーのものになる。

生き残りたければ……ということは、食べるという意味ではない。

以前に、あの金髪の彼が言っていたことだ。ジャガー神に寄りそって、彼とともにエル・ドラドの楽園を護っていくということなのだろう。

『誓え、今すぐ。por vos naci, por vos tengo la vida, por vos he de morir, y por vos muero.――と』

この国の有名な詩人ガルシラソ・デ・ラ・ヴェガのソネットだというのがわかった。

きみゆえに生まれ、きみにゆえにこの人生があり、きみゆえに死に、きみのために死ぬ――という意味の一節だった。

『頼む、誓ってくれ。私のそばで、一緒に。ずっとおまえが好きだった。だから喪いたくないんだ。おまえだけなんだ、私の家族は……』

祈るような言葉が脳裏に響く。必死に命を助けようとしてくれているのが伝わってきた。

ずっと好きだった……。

それなら自分だって同じだ。ずっと会いたかった。愛しくて、かわいい弟分。いや、もう彼のほうが年上なのだろう。完璧なまでに凛々しい大人のオスに成長している。

「エルマノ……わかった……きみのものになればいいんだな」

彼とともにこの密林で生きていこう。そう思った。

エル・ドラドの楽園がどんなものなのかわからないが、大好きなエルマノと一緒なら、どんなところでも楽しいだろう。

朔良は苦しさをこらえ、切れ切れに同じ言葉をくりかえしていた。

「……神に誓う……por vos naci, por vos…… tengo la vida, ……por vos he de morir, y por vos ……muero.」

途切れながらも言い放った瞬間、すぅっと身体の力が抜け始めた。意識が遠ざかっていくのを感じていると、ふと首筋をあたたかな吐息が撫《な》でていった。

「……っ」

目をひらくと、ジャガーが首筋に顔を埋めている。優しくいたわるように舌先で朔良の首筋にあった擦り傷を舐めたあと、銃がかすめた痕や腹部の傷口を順番に舐めていった。

「あ……っ」

あのときと一緒だ。十年前、岩山で蘇生されたときと。

彼の舌先が傷口に触れるたび、少しずつ痛みがやわらぎ、血が止まり、傷が癒えていくのがわかる。肩も腹部も腿《もも》も。じわじわと体温があたたまり始め、消えかかっていた命の力のようなものがじわじわと湧いてくるのを感じる。

瀕死《ひんし》の重傷だったのに舐められたところから痛みが消え、代わりに何ともいえない心地よい感覚が広がっていった。

「……ん……っ」

呼吸が楽になり、指先や足先にぬくもりがもどっていく。

『じっとしていろ、あと少しだ』

致命傷だった腹部の銃創を舐めたあと、ブラックジャガーは口先からぺっと銃弾を吐きだした。鉛の銃弾がコロコロと祭壇から落ちていく。

『もう大丈夫だ。銃弾はとりのぞいた。傷も治した。痛みはないだろう』

「え……あ、ああ」

朔良は目をみはり、床に落ちている銃弾を見つめた。

すごい。こんなことができるなんて信じられない。

十年前はここまではっきりとはわからなかったが、今回は命が甦っていくのをリアルな体感として味わった。

神……。まさに、彼は『神』という言葉にふさわしい存在なのだ。

「ありがとう……エルマノ。十年前も今回も……」

『礼には及ばない。何でもするから、おまえを生かすためなら』

あたたかな言葉にじわっと胸が熱くなり、彼の前肢をにぎりしめると、朔良はその甲に感謝をこめてキスをした。

そんな朔良の肩に手をかけ、エルマノも愛しそうに髪の生え際に口元を近づけてくる。

『愛しい朔良、よかった、おまえを生かせて。そもそもおまえがいなければ、私の「生」はなかったのだから。ただ……ひとつ、謝らなければならないことがある』

気まずそうな言葉に、朔良は視線をあげた。

『本当はもう少し待つつもりだった。おまえがパイロットになったあと、きちんと意思を確認してからと。だが命を救うためにはどうしても、今、おまえの発情の種を発芽させるしかなかった。許してくれ』

ひどく申しわけなさそうに言われ、朔良は小首をかしげた。

発情の種？

初めて耳にする言葉だ。許してくれとはどういう意味なのか。

『不本意だったら申しわけない。だが、私はもうずっと前から決めていた。つがいにするのは、おまえ以外いない、と』

「つがい？　俺がエルマノの？」

『兄弟《エルマノ》ではない、もっと濃密な関係に。おまえは私と結合するのだから』

「でも……ジャガーと人間がどうやって結合するんだ。……きみがイヤだという意味ではなく……純粋にどうなのかと言ってるんだ」

『大丈夫だ、異種間でも交尾はできる』

そう言い放つと、いきなりジャガーは爪先でシャツ越しに朔良の胸のあたりをつついた。

「えっ……な……っ」

乳首に淡い刺激を感じたとたん、突然、肌の下が熱くなった。火花が散ったような、それでいて甘く痺《しび》れるようなものを感じ、朔良は驚いて目をみはった。

『少し性感帯に触れただけでそれだ。発情の種が発芽してしまったせいで、この先、おまえの身体からは発情期のメスのように、オスを呼ぶ香りが漂い続けるだろう。生殖能力のあるオスは、おまえの匂いを嗅いだだけでたちまち発情し、性衝動に駆られてしまう」

「ウソだ……そんなことって」

『それだけではない。おまえ自身も、発情の種に肉体を支配され、オスに抱かれたくてどうしようもなくなってしまう』

「抱かれたくてどうしようもって……バカな」

『それが……ジャガー神のつがいの印だ。おまえはノアの方舟時代のコンドルの役割……つまり神の使い、巫女《みこ》として、あらゆる種を存続させるための、発情を煽《あお》る存在となってしまったわけだ。生命を存続させるために』

「じゃあ……俺は……あらゆる種のオスに抱かれなければならないのか」

『ノアの方舟の時代、つがいを失う種がいたときは、代わりにその身を捧《ささ》げ、種属存続のために孕む役割を担わなければならなかったが、今は必要ない、そういう時代ではない』

「なら、発情の種なんて必要ないじゃないか」

何とか混乱から逃れようと、そんなことを口にしていた。

『確かに、何事もなければ。だが、おまえの命を助けるために必要だった。発情の種は、命をつなぐもの。その生命力によっておまえの命をつなぎとめたのだ。孕むことはないが、発情の種を持つ生き物として、生涯、自分と同種のオス——つまり人間の男を引きつけてしまうフェロモンを発散させてしまう個体となってしまったのだ』

「……っ」

朔良は愕然とした。

『抑制できるのは、つがいの相手、つまり私だけだ』

「きみだけ？」

『私と交尾をすれば、しばらくの間、オスを引きつけるフェロモンが抑制される。いきなり強姦されることはないだろう』

彼と交尾……。なにを言われているのかがわからないまま、目をみはっている朔良を見下ろしながら、ジャガーは衣服の上からぐりぐりと黒い前肢で乳首を嬲《なぶ》っていった。

「あ……ああ……っ」

どうしたのか、触れられただけなのに身体がどうしようもないほど熱くなっていく。性的な衝動が抑えられない。これは発情の種のせいなのか。

『感じやすくて、素直で愛らしい身体だ。初めて会ったときからずっとおまえとこうしたいと思っていた。愛しい朔良……私のものになってくれてありがとう』

「待って……」

彼と生きることに抵抗はないが、己の身体の変化、さらにジャガーと性行為をすることにとまどいを感じている。

いきなりジャガーのつがいだの、男を煽る身体になったと言われてもすぐに受け入れられるはずがない。

頭のなかは混乱したままだ。それなのに触れられているところがたちまち熱くなり、胸から連動したように下腹部のあたりにも熱っぽい疼《うず》きが広がっていく。

「ん……ふ……っんんっ」

喉から甘い声が出てきてしまう。そのことに驚きながらも、ズボンの下では性器が怪しく形を変え始めていた。そのことに気づいたのか、ブラックジャガーは下腹の前に顔を移動させ、ズボンのファスナーを口で下げていった。

「あ……っ待て……っ……っ」

ズボンの下に隠れていた朔良の弾力のあるものに舌先を這《は》わせると、いきなり口淫のようなことをし始めたのだ。

「あ……っ……な……ああっ、あ……っ」

鋭く尖った歯で、しかしそっと優しく薄皮をつるりと剝《む》かれ、あらわになった亀頭をざらついた舌先で舐められていく。

「あ……っ……っんんっ……どうして……身体が変に……」

さらに性器の快感を煽るかのようにブラックジャガーが舌先で弄び続ける。触れられた場所から衝きあがる快感に、肌という肌が燃えたように熱くなっていく。

たまらない、じんわりと下腹部の奥に熱が籠もっていくような疼きを感じ、いつしか性器の先端はぐっしょりと濡れていた。

『いい反応だ……』

「ま……待って……どうして……俺……そんな反応を……ああっ、ああっ」

頭が一気に沸騰しそうになる。なぜこんなことになっているのか。

いつのまにか、上をむいた朔良の性器からはとろとろと蜜があふれだしている。

どくどくと流れだす花蜜のような滴りをジャガーがぴちゃぴちゃと音を立て、舌先で舐めとっていく。

腹の奥に広がる妖しい感覚から逃れようと朔良は必死になっていた。自慰をしたことはあるが、こんな体感を味わったことはない。

むず痒いような、じぃんと痺れるような、こらえきれない声が漏れる。

「ああっ、ああっ……っ……熱い……熱くて……身体が変に……あぁっ」

どうしたのだろう。もどかしさに、ひとりでに腰をよじってしまう。

ぴちゃぴちゃという濡れた音とともに、月光の降りそそぐ神殿跡に、朔良の甘い声が反響していく。

シンとした密林からは、虫の鳴き声も他の動物たちの鳴き声も聞こえない。

透きとおるような美しい満月が煌々《こうこう》と密林の上空で輝いている。

こんなにも透明な月を見たことがあっただろうか。

ひんやりとした印象の月の光とは対照的に、朔良の肉体はどうしようもないほどの熱に支配されていた。

「ああっ……ん……っ……ああっ……ああっ」

石の寝台の上で、身体が大きく震える。衝きあがってくる絶頂感に、朔良の肌はうっすらと汗ばみ、爪先から脳天まで痺れたようになっている。

だめだ、耐えられない。腹の奥がじんじん疼く。

脳がとろとろになっていく。激しい快感に全身がふるふると波打ち、全身が甘ったるい熱風に呑まれていく。

「ああ……っあ……はあ……っ」

無意識のうちに腰を突きだすような格好で、朔良はブラックジャガーの口内に熱いものを放出していた。ふっと身体が軽くなる。離陸の瞬間に似ていた。エンジンを加速し、一気に地上から飛び立つときの浮遊感に似た感覚に包まれていく。

「エルマノ……俺は……もう……きみものになったの？」

はあはあ、と息を喘がせながらブラックジャガーの大きな胸に包まれるように、くったりとその身に身体を委ねる。

『まだだ……応急処置に過ぎない。まだ私とおまえは……完全に結合していない。もっと先

のことだ』

「じゃあ……俺の身体は」

『少しの間、男をひきつける心配はないが……私と肉体を結合させる前に……おまえには、つがいとして乗り越えて欲しい課題が……』

課題？　つがいとして？　なにをすればいいのだろう。

『それを乗り越えなければ、すぐには連れていけない。それまでの間、コンドルになる夢を忘れないでくれ。絶対に悪いようにはしないから』

コンドルになる夢。それはこれからも引き続き、士官学校に通い、パイロットになれ――ということなのか。

確かめないとと思うのだが、絶頂の昂揚感と今日一日の疲れが一気に身体を支配し、身体がもう動かない。

言葉も出てこない。意識を保っていることすら難しい。

エルマノ――兄弟のように大事に思っていたジャガー。

不思議な力を持ったジャガー神、彼とこんなふうに再会するとは想像もしなかった。

このあとなにが待ち受けているのかわからない。課題とは何なのか。それに、本当に彼と肉体的に結合する日がくるのか。

（でも……恐れるのはやめよう、ためらうのもやめよう……後悔したくないから）

ちゃんと覚悟しよう、そう思った。腹をくくろう、と。

(あまりにも突然のことで驚いている。でも……俺は彼が大好きだし、彼と会いたくてパイロットを目指した。コンドルの領域に到達できるようにと思って。そして彼も俺を大事に想ってくれている。ずっと再会の日を待っていてくれた)

そう、絶対に死なせたくないという愛情から、この命を生かしてくれたのだ。

その愛に応えていこう、たとえどんなことが起きても。

たとえば、それがジャガーとの交尾であってもちゃんと受け入れる。彼のものになると誓ったのだから、つがいとして生きていく。

彼によって二度も助けられた命。その命を大切にし、彼への感謝を抱いて、彼と寄りそっていく道を前向きに受け入れるのだ。

そのためにもまずはパイロットを目指してがんばる。

今起きていることを整理し、心のなかで己の決意を確認しながら、朔良はジャガーの腕のなかでいつしか意識を手放していた。

3　マフィアの花嫁に

気がつけば、朔良は病院の一室に横たわっていた。

窓から入りこんでくる風がうっすらと潮の匂いを運んでくる。

「ん……」

カモメの声とさざ波、それから汽笛の音。見れば、内陸部では決して目にすることができないほどの鮮やかなコバルトブルーの空が広がっている。

（ここは……カルタヘナ……士官学校ある場所だ。俺は……どうしてこんなところに）

密林の噎《む》せるような緑の大気に包まれ、ジャガー神のつがいになることを神に誓った。

しかし意識を失ったあとのことはまったく覚えていない。

一体、自分はどうしたのか。

点滴を腕につけ、呆然とした面持ちで横たわる朔良のもとに、しばらくすると医師と看護師とが警察官を連れてやってくる。

「あの……俺はどうしてここに」

思わず起きあがって訊こうとした朔良を、看護師が止め、脈拍や体温をはかっていく。

「バイタルはすべて正常ですね。あなたの服には銃弾がかすめた痕や血痕、木の枝に引っかかった痕跡が残っていましたが、擦り傷程度のものでした。出血のわりに怪我が浅かったのが幸いでしたね」

「あ……はあ」

「脳の検査も問題なかったし、意識もしっかりしている。明朝、退院しても大丈夫だろう。今、点滴をとりかえさせるので、警察の方、どうぞ彼と話を」

医師にうながされ、後ろにいた小太りの警察官がなかに入ってくる。

「カウカ川沿いの崖下の陥没した地下の古代遺跡で、意識を失っていたんだが、命に別状はないようだね」

「あ……やはり、あの遺跡で。よく俺の居場所が」

「ああ、カルタヘナ士官学校から、地下の古代遺跡を探すようにと命令があったんだ。陸軍と空軍を出動させ、警察も加わって、無事にきみを保護することができた」

士官学校からの要請で、あの遺跡の場所を……。しかも軍隊を使って。

あのとき一緒にバスに乗っていた学生が学校に報告し、助けを呼んでくれたということだろうか。だが、あの地下の古代遺跡と朔良に縁があることなど誰も知らないはずだ。

まさかあのジャガーが連絡をしたのか？

不可解に思って小首を傾げていると、警察官はポケットからペピートの写真をとりだし、朔良に問いかけてきた。

「きみは、この男に殺されかかって、崖から落ちたんだよね」

「え、ええ、はい、そうです」

「この事件の首謀者は彼でいいのかな」

「あ、はい」

「きみは運がいいね。助かったのは万に一つの奇跡だよ。あそこの川は激流で、大きな滝もあるし、下流には、ワニの棲息域《せいそくいき》もある。密林はピューマやジャガーもいるし、毒ヘビや毒ガエルが多い。人食いアリに襲われる可能性だってある。それなのに無傷で助かるなんて奇跡だ。ジャガー神に感謝しないとな」

「ジャガー神？」

その言葉に心臓がどくりと脈打つ。なにか知っているのか？

「迷信だけど、そうとしか思えないじゃないか。この世のあらゆる権能を神から授与されたジャガーの帝王にして、神の使い。通称、ジャガー神。密林に迷いこんだ人間のなかで、彼の怒りに触れた者は森の恵みとなり、彼に愛された者のみ保護される、と、先住民族の間で、言い伝えられているんだ」

先住民族の伝説か。

一瞬、なにか知られているのではないかとドキドキしてしまったが、杞憂《きゆう》に過ぎなかったとわかり、ほっと息をつく。

「そのジャガー神というのは……密林にいるブラックジャガーのことですね」

「そうだ。だが、単なる黒いジャガーではない、ブラックジャガーのなかに、一頭だけ、黄金とエメラルドの目を持った伝説の獣がいるんだ。それがジャガー神だよ」

やはり彼がそうだ。いや、わかっていたが。

「ジャガー神が支配するエル・ドラドの楽園というのはどこにあるんですか。あの神殿はそれとは関係ないんですか？」

朔良は半身を起こし、真摯な顔で警察官に問いかけた。

「どこって……きみ、エル・ドラドの楽園は、伝説だよ。現実に存在するわけないじゃないか。士官学校のエリート学生なのに、夢見がちなことを言うんだね」

警察官はおかしそうにクスクスと笑った。

伝説、夢見がち……。

そう、確かに、自分の身に起きたことは信じられないような出来事だ。そもそもジャガーを拾って育てたときも、誰にも信じてもらえなかったのだから。

「まあ、夢の話は置いておいて、後日、きみを襲ったマフィアについて質問するかもしれないが、そのときはよろしくな」

「あ、はい。彼らは……あのあたりのマフィアですか」

「いや、最近、勢力を伸ばしているやつらだ。何でもメキシコの麻薬王が持っていた密売ルートを引き継いだとかで、このカルタヘナ経由で世界中にコカインを流そうとしているんだ。今、それの調査中でね」

メキシコの麻薬王の密売ルート。ものすごい勢力だ。

「じゃあ、またな」

警察官はそう言って医師たちとともに去っていった。

「では、窓を閉めておきますので、ゆっくり休んでください。なにかあったらボタンで呼んでくださいね」

窓を閉め、看護師が出ていったあと、朔良はゆっくりとベッドに横たわった。

(あのあと……エルマノはどうしたんだろう。俺と結合する前に課題がどうのと言っていた気がするが……)

軍隊がきたので、驚いて逃げてしまったのだろうか。いや、不思議な力を持った彼のことだ、軍隊くらいで逃げたりはしないだろう。

(多分……俺の勝手な想像だけど……彼が軍隊を呼んだんだ、きっと。何らかの形で)

十年前もそうだった。彼が朔良の傷を癒やしたあと、ヘリコプターがやってきた。今回もそうだ。彼が傷を治し、今度は軍隊に助けられた。

同じことが偶然二回もあるわけがない。十年前はコンドルが旋回していたが、今回も彼がなにかしら合図を送って、自分を助けてくれたのだろう。

(それなら、彼の考えがあってのことだ)

頭のなかに、神に誓った言葉が甦《よみがえ》ってくる。

——por vos naci, por vos tengo la vida, por vos he de morir, y por vos muero.

ポール・ボス・ナシ、ポール・ボス・テンゴ・ラ・ヴィーダ、ポール・ボス、エ・デ・モリール、ポール・ボス・ムエロ……。

(ずっと会いたかった彼……また彼に助けられるなんて)

彼の言う「課題」が何なのかわからないが、コンドルになる夢を忘れるな、と言った言葉を信じて、前に進んでいこう。

生かされた命を大切にすることだと思うから。

そんなことを考えながら、朔良はベッドのなかでうとうととしていた。

うららかな海辺の陽差《ひざ》しのせいか、肉体の疲労のせいか睡魔が襲ってくる。

それからどのくらいうつらうつらしていただろうか。

すうっと窓が開き、潮の匂いとともに甘い香りが漂ってきた。

この香り。ジャガーから漂う洋梨のような、それでいてもう少し華やかで甘美な香りだ。

その芳香にいざなわれるように朔良は視線をずらした。

窓からの明るい陽《ひ》の光が壁に淡い影を映しだしている。

（え……）

しなやかで優美な獣のシルエットだった。

エルマノか？　彼が迎えにきたのか。

「――――っ！」

朔良は身を起こした。ジャガーのシルエットを確かめようとして。

しかし次の瞬間、さぁっと駆けぬけた一陣の風とともに壁に刻まれていたはずの獣の影が人間のそれに変わり、朔良の目の前に一人の男が現れた。

すらりとした長身の、金髪の美しい風貌の男性。この地の民族衣装のようなものを身につけていた。

左の目には眼帯、右の目の碧眼《へきがん》は透きとおるようなエメラルドグリーンをしている。

十年前と同じだ。あのときと同じで、今回もジャガーのシルエットが見えたあと、金髪の男性が現れた。

彼はきっとあの男の子だ。美しかったということくらいしか覚えていないが、きっと年をとったらこんな感じになるはずだ。違うといえば、左目に眼帯をしていることくらい。

十年前のように、エルマノからの伝言を伝えにきてくれたのだ。

「きみは……あのときの」

そう言いかけたものの、視線があったとたん、朔良は口を閉ざした。

（違う……彼じゃない）

十年前に病室に訪ねてきた男の子とはまるで雰囲気が違う。

端麗過ぎる風貌特有の、生身の人間と思えないような冷たさに、背筋がぞくりとした。

高位の王侯貴族のような気品と同時に、情のなさそうな、どこか凶悪そうな風情に圧倒されそうな気がして、自然と神経がぴりぴりとしてしまう。

「……っ……」

朔良は息を殺し、彼を見つめた。

視線を絡めていると、その碧の眸に呑みこまれそうだ。ペピートの組織の幹部だろうか。警戒しながら彼の様子をうかがう朔良を、ベッドサイドに佇んだまま、しばらくじっと見つめたあと、男は静かに口をひらいた。

「ひとつ、知りたいことがある。質問をしていいか」

男は自己紹介もせず、いきなり尊大な態度でそんなことを訊いてきた。低く抑揚のある綺麗な声。しかしその容姿同様に、生身の人間らしいぬくもりのようなものは感じられない。

「質問していいかと尋ねている。返事をしろ」

「あ、え、ええ。どうぞ」

「訊きたいのは昨日の件だ。おまえは、どうしてマフィアに逆らった」

変わった質問だと思ったが、朔良は素直に答えた。

「許せない行為だったからだ」

「自分を愚かだと思わなかったのか」

この男、何者なのだろう。問いかけてくる口調は険しい。だが、殺気や敵意はない。一体、どうしてそんなことを訊いてくるのかわからないが、朔良は淡々と返した。

「勿論、そう思った」

「では、何故」

「マフィアが憎いからだ。両親から仕事場を奪い、故国を奪った。麻薬の密売協力の話を持ちかけてきて。その原因を作ったのがマフィア、そしてあのペピートという男だ。俺はそんなやつに脅されたからって、一ペソだって払いたくなかった。それだけだ」

強い口調で朔良は言い放った。この男がマフィアであろうとなかろうと、これだけは自分の意志としてしっかり言葉にしたかった。

「だが……両親は、今、生きているのだろう？」

「勿論だ」

「それなら復讐《ふくしゅう》の必要はないではないか」

「復讐ではない。俺の感情の問題だ。どうしても許せなかっただけのことだ」

「マフィアに屈服するのは、死ぬより辛かったというわけか」

「ああ」

はっきりとうなずいた朔良を見て、男はふっと口元を歪《ゆが》めて微笑する。そして額にかかった金髪を梳《す》きあげながら楽しげに呟いた。

「おもしろい男だ」

「おもしろい？」

「ああ、愚かすぎておもしろい。私以外に、この国におまえのようなバカがいたとは」

皮肉を言ってバカにしているのか、それとも同調しているのかわからないが、ひどく優しげな表情を浮かべると、男は朔良の肩に手を伸ばしてきた。

「あなた以外……というのは？」

どういう意味なのかと問いかけようとしたとき、廊下から数人の足音が聞こえてきた。

「アルベールさま、こんなところにいらしたのですか」

ノックとともにドアを開けて入ってきたのは、士官学校の制服を着た学生数人だった。続いて白衣を着た医師が現れる。

「ソレルさま、ようこそ。彼の治療の件はご安心を。すべてあなたさまの仰せのままに行っておりますので」

医師が恭しく頭を下げ、当然のように差しだされた男の手をとってそこにくちづけする。臣下が君主に対してするそれのように。

アルベール・ソレル……。

その名前に、朔良ははっとした。新しい学校の資料に、それらしき人物の名前が書かれていたことを思いだしたからだ。

(生徒総監だ、名前を見た記憶がある)

成績優秀なトップエリート。生徒総監をつとめるアルベール・ソレルという学生は、いずれこの国の大統領か将軍になるだろうと思って資料を読んでいた。

ではこの男が?

「決めた、この男を私の世話係にする」

「世話って」

言葉の意味がわからず、呆然とする朔良よりも他の学生たちのほうが驚いたようだった。

「待ってください、アルベールさま、こんな男でいいのですか」

「この男は、マフィアに真正面から逆らった愚か者だ。この国にまだそんなバカがいるとは思いもしなかった。私の世話係はこの男がいい」

世話係——聞いたことがある。朔良の通っていた貧乏な航空大学校のようなところにはないが、カトリック系の私立の裕福な子弟たちが通っている学院には、スペイン植民地時代のような身分の差やヒエラルキーが存在する。

生徒総監は、昔でいうと植民地政府の総督のような権力を持ち、学校内を支配しているという。世話係というのは、その身のまわりの雑務を引きうける係のことだ。

「……あの……ちょっと待ってくれ、俺に先に尋ねるべきでは……」

「おまえに断る権利はない」

有無を言わさず返され、朔良はむっとした。

「何なんだ、その言いぐさは」

「言い方が悪かったか？」

「当たり前だ。士官学校がどれほどのエリート校か知らないが、いきなり初対面の者に世話係になれ、断る権利はないというのは、横暴じゃないのか」

「横暴？　私がか？」

片眉をあげてアルベールが尋ねてくる。その様子とは対照的に彼の側近の一人が声を荒らげ、朔良の腕をつかみあげた。

「この男っ！　アルベールさまによくもそんな口を！」

しかしアルベールがそれをたしなめる。

「いい、いいから、おまえはだまってろ」

「は、はい、すみません。ですが」

「私がこの男を気に入って世話係にしたいと言っているのだ。その交渉をしているのに、おまえたちがいるとろくに話もできないではないか。病室から出て行ってくれ」

「申しわけありません。しかし二人きりになるのは危険では」

「私を誰だと思っている。このよれよれとした入院中の男になにかされるとでも？」

「めっそうもございません。では、外におりますので」

「どうぞごゆっくり」

医師や制服姿の学生がぞろぞろと部屋から出ていく。

扉が閉まったあと、アルベールは腕を組み、楽しそうな眼差しで朔良を見下ろしてきた。

「これで邪魔者は消えた。ゆっくりと話をしよう」

「あ……ああ、でも」

「別に私はおまえに身のまわりの世話をして欲しいわけではない。私がおまえとしたいことはひとつだけだ」

「ひとつだけ？」

「そうだ。士官学校内のシステム上、表面的には世話係という任務を命じるが、実質的には、おまえには私の花嫁になって欲しい」

「は――はあ？　花嫁だって？」

思わず声が裏返ってしまった。突然の花嫁という言葉に、朔良はベッドから転がり落ちそうになるほど驚いていた。

「ままま、待て、えっと……あの……つまり花嫁って……はあ……正気か。俺は男だぞ、しかも会ったばかりなのに……いきなり」

「男だと婚姻をするのになにか不都合があるのか。それともおまえは同性婚を認めない差別主義者なのか」

「い、いや、そうではない。愛があれば関係ないというわけだな」

「なら、男同士で婚姻することに抵抗はないということだな」

男同士の婚姻。ああ、要するにそういう意味で口説かれているというわけか。

「あ、ああ、それは別に。いや、あり……そんな問題じゃなくて……」

「私が相手では不服なのか。南米中の美女がその座を狙っているというのに」

「なら、その美女たちのなかから誰かを選べばいいじゃないか」

「美女には興味がない。興味があるのはおまえだけだ」

「あの……でも、俺はあなたのことはなにも知らないし、あなただって俺がマフィアに逆らった学生だってことしか知らない。学内で世話係が必要だっていうなら職務として果たす。だが、いきなり結婚だなんてとても本気とは思えないし、なにかの間違いで本気だったとしても、俺はあなたと婚姻する気はない」

きわめて冷静に、相手を説得しようとして言ったのだが、アルベールは朔良の真面目でお堅い返答がいたく気に入った様子だった。

「おもしろい男だ。私を説き伏せようとするなんて」

「自分の意思を伝えているだけだ。別におもしろくも何ともない」

「だからおもしろいのだ。私のまわりには、そのような者はひとりもいなかった。誰一人、私に逆らう者はいない。殺そうとする者はいるが」

殺そうと？　朔良は眉をひそめた。

「理由を教えてやる。なぜなら私の父はこの国で最も大きな裏組織のボスだからだ」

「え……」

「そして父は、以前におまえの親が働いていた農園の、現オーナーでもある」

「……何だって……では、農園をコカイン工場にしてしまったのは……」

「そうだ」

裏組織――つまりマフィア。

アルベールがこくりとうなずく。

「よくも……よくも、両親から農園を……」

「おまえの両親の土地ではない。あの土地は、もともとは私の母方の土地だった。入植してきたやつらが勝手に密林を伐採し、コーヒーの木を育て始め、あの地をめちゃくちゃにしてしまった。遺跡が陥没したのも、もともとは彼らが地下水を大量にくみあげたからだ」

「そんな……でもどこの農園も、ちゃんと政府から許可を得て……」

「ああ、スペイン王国から脈々と続いている政府という名の統治者からなら」

「待てよ、スペイン王国って……植民地だったのは、何百年前の話だ」

「祖先の長い歴史に比べれば、そんなものは、ついこの前のことだ。あそこは、ずっと神聖なるジャガー神の聖域だった。人間の入っていい場所ではない。だから父に奪いとらせた。いずれ私のものにするために」

「待てよ。父にって、マフィアのものにして、コカイン工場にするほうがコーヒー農園にするよりもずっとタチが悪い。あなたの家庭環境や祖先が何者なのか知らないけど、俺の両親が苦労して手に入れた農園を奪う権利はない」

「わかった、おまえの両親には別の土地をプレゼントしよう。アンデスの民は、結婚のときにリャマとアルパカを贈る風習があるらしいが、私も花嫁の実家にそれ相応のものを贈りたいと思っていた。それも夫のつとめだ。コーヒー栽培に適した土地を探そう」

楽しげに言うと、アルベールは朔良の手をとり、騎士が姫君にするようにちゅっと音を立ててそこにキスをした。

「頼むから、俺をからかわないでくれ。花嫁だの夫だのと言われても困る。だいいち、俺は、つがいとして生涯を添い遂げると約束した相手がいる。そのためにも、士官学校で真面目にパイロットを目指そうと思っているんだ」

朔良は手をひっこめ、説得しようと必死に言った。すると目を細め、アルベールは片方だけの碧の目を細め、優雅に微笑した。

「すばらしい、高価な贈り物に目を眩ませることもなく、ジャガーとの口約束を守るのか」

「っ……ジャガーとのって……どうしてそれを」

あなたが知っているのか——と、問いかけようとした朔良のあごに手をかけ、アルベールは頬に軽くキスをしてきた。

「けっこうなことだ。ジャガー神との約束は大事にすべきだ」

「では、わかってくれたんだな。……あ、だけど……どうして、そのことを」

「わからないのか」

「あ……そうか、あなたは、あのジャガーの知りあいなのか。あのあたりは母方の土地って言ってたけど……そこからつながっていて」

しかしその言葉に、彼はなにも答えなかった。ただふっと微笑しただけで。

「まちがっていたのか？」

「さあ」

アルベールの顔を、外の光が明るく浮かびあがらせる。凄絶に整った顔の奥に、なにかが秘められているのはわかるが、見ているだけではそれが何なのかはわからない。

「朔良、世界で一番美しく豊かな土地は、エル・ドラドの国——このコロンビアだ。豊穣なる自然に満ち、黄金や宝石があふれ、すべての生き物の楽園となり、繁栄が約束されている。それゆえにノアの方舟はこの地に降り立った、ジャガー神に導かれて。だがあまりにも魅惑的過ぎて、神だけでなく、悪魔もこの地を愛してしまった。それが悲劇の始まりだ」

「悪魔も？」

朔良は目を眇《すが》め、さぐるように彼を見た。

「悪魔はコカイン、そしてマフィア。悪魔は巧妙だ。ブラックジャガーの力を利用し、悪に招き入れ、大きな力を得て世界を支配しようとしている。そう、マフィアは……ブラックジャガーを欲しがっているのだ。それさえあれば、世界を動かすことも可能だから」

ブラックジャガーの力を利用だと？　悪に招き入れ、世界を支配だなんて。

「彼になにをする気だ」

「別に」

「ウソだ、力を得たいと言ったじゃないか」

「ダメか？」

「当然だ、彼に手を出したら、ただじゃおかないぞ」

朔良は身を乗りだし、アルベールの胸ぐらをつかんだ。

憤りをあらわにした朔良をまじまじと見つめたあと、アルベールは声をあげて笑い始めた。

なにがおかしいのかわからないが、ひとしきり笑ったあと、ふっと艶やかな笑みを見せ、胸元をつかんだまま朔良の手をとり、その甲にまたキスをしてきた。

「あの……」

「どうだ、朔良、ジャガーを護るため、悪魔の監視役にならないか。悪魔を祓う者、悪の力を制御する者として、神はジャガー神の護衛としてコンドルを地上に解き放った。パイロットを目指すついでに、おまえ自身がコンドルとなり、ジャガー神を悪魔から護らないか」

「コンドルとして……」

コンドルのように空を飛べと言われたのは、十年前だ。この男によく似た金髪の男の子がそんなふうに告げた。やはりジャガーに命を助けられたあとに。

そして昨日、ブラックジャガーからも。

古来、コンドルとジャガー神は一対と言われてきたが、なにか自分にはわからない深い意味があるのだろうか。

「だけど……どうやってコンドルになるんだ、俺が。だいいち悪魔から、どうすれば護れるか、見当も付かないのに」

「単純だ。私の花嫁になればいい。それですべてがうまくいく」

「……花嫁って……またそんな冗談を」

「安心しろ。たっぷりかわいがってやる。ジャガーから受けた口淫以上の快楽を与えてやる。発情の種を植えつけられた、その淫靡な肉体をたっぷり満たしてやろう」

ジャガーとの間に起きたこと——そこまで知っているのか、この男は。

「断るなら、ここで制裁する。おまえが死ねば、ジャガーも終わりだぞ」

彼は胸のホルスターから拳銃を出した。カチャリとトリガーを引く音が病室に響きわたる。

「……っ」

「選択しろ。生きるか死ぬか、生かすか殺すか」

自分が生きるか死ぬか。ジャガーを生かすか殺すか。

いきなり突きつけられた理不尽な要求に、じわじわと内臓が灼け爛れるような、激しい怒りを感じた。尤も、だからといって感情を爆発させるような性格ではないが。

(冷静になれ、冷静に。どうするのが一番いいか、ちゃんと理性で考えろ)

そう自分に言い聞かせ、朔良は怒りに翻弄《ほんろう》されそうな感情を抑制し、今、まずどうすべきかを頭のなかで整理した。

俺はあのブラックジャガーに生き延びると誓った。

彼のために生き、彼のために死ぬと。だから死ぬわけにはいかない。勿論、彼を殺させるわけにはいかない。だが、そのためにはこの男の花嫁にならなければならない。

(エルマノ……俺はどうしたら……)

これまでの彼との思い出が脳裏を交錯していく。

胸に抱いて、ミルクを飲ませたとき。陽だまりで戯れるように眠った日々。そして二度も命を助けられたこと。飛行機に乗って、毎朝、空から彼へと送る合図。触れあうことはできなかったが、気持ちは通じあっていた。

朔良はじっとアルベールを見据えた。

この男は、朔良がジャガー神のつがいの相手だから欲しいのだろう。

彼のものを横取りして勝った気分になりたいのか。或いは、ジャガー神に誠意を示している朔良を穢《けが》して楽しもうとしているのかわからないが。

「あなたの花嫁になれば……彼を助けることができるのか」

「そうだ」

アルベールの碧の眸が妖しく煌めく。そのあまりの美しさ、禍々《まがまが》しいまでに蠱惑的《こわくてき》な輝きに、腹の底から怒りがこみあげてくる。

この男、絶対に倒してやる。そう思った。

この世の中、綺麗ごとだけでは、生きてはいけない。この世界には倒さないといけない相手がいる。凶悪の芽は摘みとらなければならない。

大好きなジャガーを、聖なるジャガー神を護るため、この男を倒そう。そしてこの男の背後の組織も。士官学校で学びながら、パイロットとして一流になる。いつかエルマノとの約束を果たすため。

(なにより死にたくない。せっかくエルマノが助けてくれたこの命を無駄に散らしたくない。そして、ジャガーを……大事なエルマノを護りたい。彼のつがいになると約束した。なら、つがいを護るのが片割れの役目だ。彼を悪魔の欲望の餌食《えじき》にしてたまるか)

そう己に言い聞かせ、朔良は冷たい笑みを口元に浮かべた。

「いいよ、嫁にでもなってやる。あなたが麻薬——悪魔の力を持った男で、あなたという悪魔を制御できるなら」

「いい覚悟だ」

アルベールは艶やかに微笑すると、朔良の手をとり、幸せそうな甘い笑みを浮かべ、手のひらにキスをしてきた。

狂おしそうに何度も何度もそこにキスをしてくる。一瞬、その姿に昨夜のジャガーを思いだす。まさか、この男は。

「やっぱり……あなたは、あのときの彼では……」

「あのとき?」

「十年前、俺が入院しているとき、窓から現れた。あのときもジャガーの影を見た」

「どうしてそう思う?」

まったく覚えがなさそうだ。やはり別人なのか。

「あのときは……眼帯をしていなかったし……言動も雰囲気もまるで違うけど……髪の色は同じだし、風貌もよく似ている。兄弟とかは」

「あいにく兄も弟もいない。おかしなことを言う男だ」

人違いなのか。しかし偶然にしてはあまりにも。

「まあ、いい。とにかく、明後日、士官学校での式典のあと、おまえを私のものにする」

「……」

朔良は唇を噛みしめ、アルベールを睨みつけた。

「そんなイヤそうな顔をするな。イヤというほどかわいがってやるから」

「別にかわいがらなくてもいい。ジャガーを護るための取引だ。あなただってそうだろう、俺がジャガーと関わりがあるから欲しいだけで」

「ずいぶん自己評価が低いのだな。もっと自信を持て。私は飛行機に乗っているときの、生き生きとしたおまえを見あげるのが好きだったのに」

「……飛行機って」

「ずっと見つめていた。楽しそうに空を飛んでいるおまえを。だから学校ごと手に入れた」

朔良は目をみはった。どういう意味だ、学校ごと？

「言葉のとおりだ。おまえを編入させるため、航空大学校をつぶした」

なにを言われているのか、すぐには理解できず朔良は硬直していた。

「学校に負債を与えたマフィアというのも……」

「そう、ソレル・ファミリーの末端組織だ」

「わけがわからない……なら……俺だけを手に入れればいいのに。学校ごとだなんて。他の学生はなにも関係ないのに……迷惑をかけてしまって」

「迷惑？　どうして」

「どうしてって、俺のために大学校をつぶしたんだろう」

「ああ」

「だからだよ、みんなの人生を変えるようなことになった」

「そう思うのはおまえだけだ。エリート士官学校に編入できることになって、他の学生は喜んでいたはずだ。これまでの、貧乏で、設備も最低で、ろくな教職員のいない学校よりも、私が運営している最先端で裕福な学校に特別枠として無料で編入できるんだからな」

アルベールは優雅に言った。

「おまえに最高の教育を与えたい。そして、最高のパイロットにしたい。だからこちらにきてもらうことにした。同級生ごと」

「どうして……そこまでして俺を」

「惚《ほ》れたからだ。決まっているだろう、でなければ花嫁になどしない」

「ウソだ……銃を突きつけて、ジャガーの命と引き替えに脅してきたくせに」

朔良は吐き捨てるように言った。

「ウソではない、おまえは私の初恋の相手なのに」

「はあ?」

「自分の怪我をかえりみずジャガーの赤ん坊を助けようとした姿に惚れた。ミルクをやって育てている姿も、ジャガーに兄貴面して威張っていた姿も、生き生きと空を飛ぶ姿も、マフィアに逆らう姿も。それに……ジャガー神から発情の種を植えつけられた肉体にも……劣情を煽《あお》られる。こうしているだけでも、すぐにやりたくなってしまうほどだ」

尊大に放つアルベールの言葉に、朔良が今度は目を眇めた。

どうしてそこまで自分とジャガーのことを知っているのか。

(何者なんだ、この男……。すべて密林の奥での出来事だ。俺は細かなことは誰にも言ってない。あの場にいなければわかり得ないことなのに)

じっと様子をうかがっている朔良のあごに手を伸ばし、アルベールはエメラルドのような目を細め、艶やかな微笑を浮かべた。

「知りたいのか、どうしてそんなことまで知っているのか」

「あ、ああ、当然だ」

「答えは自分で考えろ。明後日までに謎《なぞ》を解け」

答えは自分で……。

「それまではキスで我慢しておこうか。すぐにでもこの腕に抱きたいが、私は紳士だ、花嫁に無理強いするような男ではない」

アルベールはそう言って朔良の肩に手を伸ばしてきた。

「もし……謎が解けなければ」

「問答無用だ。その場で犯し、おまえを私のメスにする」

「な……」

「安心しろ、花嫁として存分に慈しんでやる。愛妻教育のメニューを考えなければな」

「ふざけたことを」

「私は真剣だ。では、どれほど私が本気か教えてやろう。まずは祝いの引出物《ひきでもの》として、明後日までにおまえの学校の仲間を制裁しておこう。今、ジャガーに命じて彼らを監視させているところだ」

「……何だって？」

どういうことだ。処刑だと？　ジャガーに命じてというのは？

「おまえを見捨てた者たちには、きちんと罰を与えないと。せっかく卒業まで面倒をみてやろうと思ったのに、強盗を前にあっさりと友を裏切った。ああいうやつらは許せん」

「許せんて……何で」

驚きのあまり、言葉が出てこない。

「それとも明後日の式典で公開処刑するか？」

当然といったその態度に朔良は呆然とした。

「ちょ……待って、なにを言ってるんだ。公開処刑だなんて……どうして」

「言葉通りだ。おまえの同級生には罰を与える。友を見捨てた罪で」

「冗談じゃない、やめてくれ」

「おまえをマフィアのもとに残して去っていったんだぞ。腹が立たないのか」

アルベールは意外そうに問いかけてきた。

「腹が立つもなにも、ああいう場面では仕方がないことだ。巻き添えを食らうわけにはいかないんだから。バカを言うのはやめてくれ」

朔良はアルベールの腕に手を伸ばし、すがるように訴えた。

「わからない、どうして庇《かば》う?」

「どうしてもこうしても、あいつらが悪いんじゃない。庇ってるんでもない。だいたい俺は自分のために、誰かを罰するなんて考えたこともない」

「おまえは……本当にそれでいいのか」

「当然だ。せっかく一緒に編入できるのに。全員、脱落することなく、無事に士官学校を卒業しないと。そしてパイロットとして、それぞれ希望する職場で働けるようになれれば」

「希望する職場で?」

「ああ、みんな、裕福な家庭で育ってないからな。働いて金を貯めたり、家の仕事を手伝ったりしながら、必死で勉強して共通試験で優秀な成績をとって、あの航空大学校に入学したんだ。少しでも家族に楽をさせたくて……そう、家族全員で生きていくために」

「わかった、おまえがそこまで言うのなら、処刑はやめておこう」

「よかった」

朔良はほっと息をついた。

「では処刑の代わりに、別の約束をしよう。おまえの学校の仲間にも、おまえと同様の最高の教育を与えると」

アルベールはじっと朔良の目を見つめた。

「そして最高の就職先が得られるように協力する。かわいい妻の同級生として」

「かわいいなんて……俺はこんなむさい男なのに」

「いちいちそんなことを確認して。本当にかわいいやつだ」

楽しそうな表情で朔良をベッドに押し倒すと、上からのしかかりながらアルベールが唇を近づけてくる。

「……っ」

「約束のキスだ、今日はこれで解放してやる」

一瞬、ふわっと漂ってきた甘い香りに朔良は目を細めた。

この洋梨の香り。ジャガーと同じ匂いがこの男からする。

おそらくこの男は十年前に会った金髪の彼だ。顔も声もそっくりなのだから。母方の祖先があのあたり出身だと言っていたが、それならやはりジャガー神と関係があるはずだ。

これまでのことはあのジャガーから聞いたのか？

しかしあのジャガーが、マフィアの息子を信頼するとは思えない。

一体、どうなっているんだ。

わけがわからず混乱している朔良を見つめ、アルベールは呆れたように苦笑する。

「もう少し色気のある顔をしろ。未来の夫からの初めてのキスだというのに」

再びくちづけられた瞬間、さらに香りが濃密になる。

「ん……っ……」

重なりあう唇。息苦しさを感じたとき、ふいにアルベールの背にあのブラックジャガーの影がよぎっていったような気がした。

4 婚姻

アルベール・ソレル——あの男は何者なのだろう。

キスのあと、彼は『では、明後日に』と言って病室を出ていった。

どうしてエルマノとのことをあそこまでくわしく知っているのか。

最初に会ったときから、昨日の夜のことまで。

何故、そこまで詳しいのか、その答えがわからなければ、その場で犯すと言っていた。

逆らうことはできないだろう。

アルベールという名前からも、ソレルという名字からも、スペイン系の移民ではなく、フランス系の移民の血をひくのがわかる。ナポレオン三世のころ、メキシコを支配していたフランス人の子孫なのか、それともそれ以降の者なのかわからないが、いずれにしろ、マフィアであることには違いない。

そんなマフィアの息子が士官学校の生徒総監で、ジャガー神に危害を加えようとしている。

そしてそれを止める代償として自分を花嫁にと欲しがっている？

「何なんだよ、どうなってんだよ」

窓辺に立ち、朔良は拳でゴンっと硝子《ガラス》を叩いた。

アメジストのような夕暮れに包まれていた街は、すっかり夜半となり、煌《きら》めくネオンと月明かりを浴びた黒々としたカリブ海が目の前に広がっている。

フェロモンのこともあり、どんな危険があるかわからないので、それまでは病室で過ごすようにとアルベールに言われたが、財布も携帯電話も、なにもないので、いずれにしろここから出ることすらできない。

深夜だというのに、ヨットで遊ぶ者やクルージングをしている影が見えた。

カリブ風のにぎやかで元気にあふれた音楽があちこちから聞こえ、窓ガラスを閉めていても遠慮なく耳に飛びこんでくる。

病院だということを忘れ、今にも踊りだしたくなるような音楽だった。

ラテン系らしくないといわれても、生粋のコロンビア育ちである以上、音楽が流れていると、自然と身体が動き、歌ったり踊ったりしたくなる。

もしなにもなければ、美しい有数のリゾート地を前にして、多少なりともわくわくとした気持ちになったかもしれない。

けれど今は不安だらけで、めずらしく踊りや歌に心がときめかない。不思議なことが次々と起き、どう気持ちを整理していいかわからないのだ。

（エルマノ……きみはあの密林にいるのか）

つがいになって、彼とともに楽園に行く、よりそって生きていくと誓った。

すぐにでも一緒に行きたかったが、彼はコンドルになる夢を忘れるなと言った。

つまりパイロットを目指せ、と。

(伝説によると、悪魔を制御できるのはコンドル。ジャガー神を助けるために、この世に放たれた神の使い)

それになれ——と、アルベールは言った。

どういうつもりで言ったのかわからないが、十年前、病室に現れたアルベールによく似た男の子も同じことを言っていた。

『ジャガー神は、神から解き放たれたコンドルと結ばれ、天と地を支配して邪悪な侵食者から黄金の楽園を護る——とされてきた。だが人間が天空を侵し、神が放ったコンドルの行方を見失ってしまった。だからジャガーはいつも空を見あげている、天空に近い場所で』

『もしジャガーに会いたければ、天空に行けばいい。見つけることができるはずだ』

『おまえはきっとコンドルになる。ジャガーを天空へと導く存在になるはずだ』

記憶に残っている言葉の数々。

あれがあったから、天空に行けるようにと朔良はパイロットを目指したのだ。

コンドルにつながるのかどうかわからないが、それでも天空に行けばエルマノと再会できると信じて。だからこそ再会できた。

それならば、前に進むしかない。よりコンドルに近い存在になれるように。

次の次の日、迎えがやってきた。

「初めまして。アルベールさまの教育係をつとめているセヴァス・ゴールドマンといいます。国籍はアメリカ。士官学校で、アルベールさまを中心とした特別ゼミの講師をつとめています。あなたにも、いずれゼミに参加して頂くつもりです。どうぞ、こちらがあなたの制服です。お着替えください」

アルベールがよこしたのは、まだ三十前の金髪の若いアメリカ人だった。

肩のあたりまで伸びた長めの金髪、美しい空色の眸。小柄で、年齢よりもずっと若く見える。アルベールの教育係をつとめているという男性で、彼は荷物のなかから朔良に空軍科の白い制服を渡した。純白の美しい制服。それに着替え、白い帽子とコンドルをかたどったバッジを身につけていく。まるであつらえたようだった。

「では、車で朝食をとっていただいている間に今後の説明をいたします」

案内されるまま、大型のリムジンの後部座席に座ると、そこにテーブルが用意され、イングリッシュブレックファーストのような豪華な朝食が並べられていた。むかいあうような座席の形になっていて、セヴァスは朔良のむかい側に腰を下ろした。

「士官学校は英国とフランス式の良いところを取りいれておりますので、朝食と昼食は英国式、夕食はフランス式となっています。どうぞ、召し上がってください」

「あ、はい」

いきなりリムジンに乗って朝食を食べろと言われて……と戸惑いを感じたが、用意されていたパンやソーセージの香ばしい匂いを嗅いだとたんに空腹が刺激されてしまう。

蜂蜜バターの載ったトースト、半生のポーチドエッグ、マッシュルームとトマトのソテー、ジューシーなソーセージ、ベーコン、それからチーズにヨーグルト。食べ始めたら止まらず、ぱくぱくと食べていると、セヴァスという男は楽しげに微笑した。

「おいしいですか」

「あ、はい。こんな豪華で上品な朝食、生まれて初めてです」

焦げ目のついたブラックプディングとかりかりに焼けたハッシュドビーフを次々と口に入れていく。それだけで幸せな気持ちになってしまうような味だった。

「健康的ですね。アルベールさまが好まれるのが理解できます」

「あの……セヴァス先生は、アルベールのことをよく知っているのですか？」

アルベールも美しい男性だが、このセヴァスという教育係もずいぶんと麗しい風貌をしている。アメリカ人なのに、メキシコ訛《なま》りのイントネーションをしたスペイン語を話しているのが気になるが。アメリカとメキシコの国境沿い出身なのだろうか。

「そこまで詳しくは……。彼の父親からのキング・ソレル氏から依頼され、今年からアルベールさまの教育係の任につきましたので。聞いた話では、長続きした側近は今までひとりもいないそうですよ」

「どうして」

「彼が……悪魔だからですよ」

上目遣いで、セヴァスは楽しげに言った。

「え……」

「正しくは、悪魔のようとでもいえばいいのでしょう、彼の側近になった者は、全員、一年もしないうちに死体となって発見されているので」

「死体って……」

朔良は眉をひそめた。

死体——という言葉に対してと同時に、そんなことを優雅に微笑しながら艶然と話すこの男の不可解さに対して。

「全員が謎の死を遂げているのです。朔良さまもお気をつけください。彼のまわりは死に満ちています」

なぜだろう、その言い方に苛立《いらだ》ちを感じる。

悪魔だの、死に満ちているだの……彼が悪いといわんばかりではないか。彼の教育係のくせにどうしてそんなふうに言うのか。

だが一方で、それもわからなくない、という気持ちもあった。

(昨夜のあの男の言動の数々……)

アルベール・ソレル——マフィアの後継者で、朔良を手に入れるため、航空大学校をつぶして、自分の通っている学校と合併させたと言っていた。

それに、朔良を見捨てた罰として、同級生たちを制裁するとも。

こちらが止めたので、なにもされなかったが、昨日、彼と話をしていて、そうした考え方に驚愕した。自分とは根本的に価値観が違う。そう痛感したのだ。それがマフィアの後継者ゆえか、支配者階級にいるゆえかわからないが。

けれどだからといって、決して話がわからない相手ではなかった。

制裁をやめて欲しいと頼んだら、二つ返事でそのとおりにしてくれたし、花嫁だの愛妻だのといった言葉はともかくとして……最終的には同級生たちがいい就職先を見つけられるよう協力するとまで言ってくれた。

悪の世界の住民ではあるが、まだ学生だ、完全な悪人にはなりきっていなかった。そう、この男が言うほどの恐ろしい人間には思えないのだ。

朔良は食事の手を止め、むかいに座った男をさぐるような目で見た。

「では、あなたが教育係を引きうけているのはどうしてですか。そんなにも不審死があるのなら、あなたこそ気をつけないといけない立場なのに、あなたは何の恐怖も感じていないように見える。いや、むしろ楽しんでいるようにすら」

きっぱりと言いきると、セヴァスは艶やかに微笑した。

「別に楽しんではいませんよ。ただいたずらに恐怖を感じる必要もないでしょう。側近ではなく、学問の担当なら、そのような危険も少ないでしょうから」

そうだろうか。自分は安全だと最初からわかっているかのような言い方に感じられるのだが、こちらの思い過ごしだろうか。

「現在、アルベールさまに、脳科学と行動経済学の視点から、金融とはなにかを教えております。いずれ、ソレル氏の莫大《ばくだい》な財産を継ぐためにも、士官としての帝王学以上に、彼には経済学を学んでいただく必要があります」

「帝王学以上にどうして経済学が？」

「ゲーテの『ファウスト』という戯曲はご存じですか？」

「あ、いえ。ゲー何とかも、ファーストも何とかもまったく。本は読まないので」

「その戯曲のなかで、悪魔が権力者をそそのかすのですよ。貨幣《かへい》の印刷の供給量を増やせと。どうすれば、世界を支配できるか。そこには、力ではなく、経済だという悪魔の囁きが描かれています。彼も悪魔の囁きに支配されていくでしょう」

またただ。またアルベールの印象が悪くなるような物の言い方をしている。しかも愉快そうに。アルベールに対し、なにか敵意があるのか？

「なら、真の悪魔は、今からそれを学ぼうとしているアルベールではない。アルベールにそれを教えようとしているあなたではないのですか」

率直に思ったままを口にした朔良に、セヴァスは不愉快そうに青い目を細めた。

その奥に冷たい焔《ほのお》のようなものを感じ、一瞬、背筋がぞっとしたが、すぐに彼は温和な笑みを口元に刻んだ。といっても、眸は笑っていなかったが。

「おもしろい人ですね。アルベールさまがどうしてあなたを選んだのか……健全でしなやかな精神の持ち主というだけではなく……その冷静さかもしれませんね」

「冷静さ？」

「そう。あなたは、一昨日、彼が同級生たちを処刑しようとしていたのを止めましたね」

「え、ええ」

「彼が決めたことを止められたのは、あなたが初めてなんですよ」

朔良は驚いて目を見ひらいた。

「だからこそ、知りたかった。あなたがどういう人物なのか」

「え……」

「そう、あなたはさっきから一度もぼくのミスリードに引っかからなかった。彼の印象が悪くなるような発言をしても、あなたはそれに引っかからない。むしろそういう物の言い方をしているこちらに警戒心を抱いています」

「では……俺を試すために」

問いかけると、セヴァスはにこやかに微笑した。今度はさっきと違い、心の底から楽しんでいるような笑みを。

「さあ」

「ごまかさないでください。俺が彼にどんな影響を与えられるか、確かめたわけですよね。それは彼のために？　それとも」

「それとも彼と敵対する者として……とでも？」

「はい」

うなずいた朔良の返事に、セヴァスは声をあげて笑った。さも愉快そうに、目から涙を流すほどの勢いで。

「なにがおかしいんですか」

「答えはご自分の目でお確かめください。もうそろそろ学校が見えてくるころですよ。城壁に囲まれた地域は、英雄都市《ラ・シウダー・エロイカ》とあだ名されるこの街でも、ひときわ美しい地区です。城壁の外側にあるのが貧困層の住むネルソン・マンデラ地区。あちらには近づかないように」

　大勢の人々がひしめきあうカリブ海の海辺のリゾート地。城壁に囲まれた植民地時代の旧市街は、映画の舞台にでもできそうなほど風雅な雰囲気に包まれている。

その一方で、アフリカから連れてこられた奴隷たちの子孫が住む一角は、一歩でも足を踏み入れれば命の保証が得られないような地区だ。

貧困地区を避け、優雅な城塞内に入り、あちこちから音楽が聞こえてくるなか、車は、カリブの海を一望できる高台にある学校へとむかった。

車が近づくにつれ、警察や軍のセキュリティの姿が目に入るようになり、そのむこうで空軍科の飛行機が離着陸している様子や海軍の船が停泊している様子も見えた。

「先に全校集会の現場にむかいます。同級生の方たちもいらっしゃってます。あなたの荷物は新しい寮の部屋に運んでおきますので」

セヴァスの指示に従って、車は空軍科の白亜の学舎の前を通り過ぎ、全校集会が行われるという奥の大講堂へとむかった。

これからこの大講堂で航空大学校の学生たちを編入させる式典があり、その後、隣接する野外ホールでガーデンパーティが行われるらしい。

「では、ぼくはこれで。式典では、アルベールさまに決して逆らわないように。この学院では、彼が神、そして法律です」

「逆らったら?」

「同級生たちの命はないでしょう」

「ですが、彼は同級生たちの就職までは安全を保障すると」

「そこにはあなたが従順であるなら……という意味が含まれているはずです」

「わかりました」

彼と別れ、車から降りて会場を見わたす。

ハリウッド映画でよく見かけるように、真っ青なカリブ海が一望できる場所に、石造りの円形の屋根付きのステージがあり、そこに来賓用なのか、籐《とう》でできたベッドのようなカウチ、椅子やテーブルが並べられている。

白い円形のテーブルの前では、給仕たちがパーティの準備をしていた。

大講堂の前に造られた仮設ステージでは、ラテン系の楽団が華やかなダンス音楽を演奏し、数百人の学生たちが飲み物を片手に楽しそうに踊っている。

華やかなパーティの準備の様子を横目でいちべつし、朔良は仮設ステージ前の学生集団のいる場所へとむかった。

ギターやドラムスのにぎやかな演奏が流れるなか、踊る者、談笑する者、軽食を食べている者……と、それぞれが楽しそうに過ごしている。

陸海空軍、それぞれの科によって制服が違うらしく、上下が白の空軍、上下が濃紺の陸軍、それから上下とも白と紺のツートンカラーの海軍の制服という形で、誰がどの科なのか一目で分かるようになっていた。

「――朔良、よかったな、もう退院したんだな」

ステージの後ろのほうにいた白い制服姿の集団に近づいていくと、リッカルドやホセら、かつての航空大学校の仲間が朔良に気づいて集まってきた。

以前の大学校の制服とはずいぶんと違う。着るものを変えただけで、一気に全員がエリートになったような雰囲気に見えるのがとても不思議だった。

「かっこいいな、朔良。前もよかったけど、今回の、さすがだ」

「ありがとう、おまえも」

もし何の事件もなければ、もしもアルベールからなにも聞いていなければ、ここで純粋に互いの制服姿をたたえあい、何の憂いもなく編入を喜べたのだが。

「そういえば、ホセなのか、俺のこと士官学校に通報したのって」

その問いかけにホセは気まずそうな顔をしたあと、朔良の手をぎゅっとにぎりしめた。

「すまない、マフィアに逆らう勇気がなくて。友人なのに何の力にもなれなかった」

眸に涙を溜めて謝られ、朔良はポンとホセの肩を叩いた。

「責めてるわけじゃない。軍が動いたって聞いたから気になって」

「ああ、軍隊を動かしたのなら……アルベールさまだよ」

リッカルドが口を挟む。

「あの生徒総監のか？」

息を呑み、朔良は小声で問いかけた。

「……実は……おまえと別れたあと、大変なことがあったんだ」

「え……」

「カルタヘナに到着する直前、休憩に立ち寄ったバルで、ジャガーに襲われて」

「ジャガーに？……どんな……ジャガーに襲われたんだ？」

「どんなって、ふつうのジャガーだ。豹《ひょう》みたいな見た感じの、巨大なやつが数十頭……もう完全にダメだと思ったよ」

あのブラックジャガーかと思ったが、違ったらしい。

「何時間経っても去っていく気配がなくて、俺たちを監視しているみたいだった。結局、バルから一歩も出られなくなってしまって。警察に助けを求めようとしても圏外で、電波が通じなくて、店の電話も通じなかったから、二日前から昨日にかけて、一昼夜、まったく外に出られなくなってしまったんだよ」

「そんなことが……よく助かったな」

「ああ、昨日の夜、軍隊が現れて……ジャガーはその音で去っていったんだよ。そのとき、軍隊の中央にいた指揮官が、何とこの士官学校の生徒総監のアルベールさまだった」

アルベール……。昨日の夜ということは、朔良の病室を去ったあとということになる。

「おまえに見せたかったぜ、すごい光景だったんだから。すでに密林でおまえを保護して病院に運んだとも教えてくれたんだ」

やはりそうか。朔良が処刑を止めたので、アルベールは彼らを助けに行ったのだ。ジャガーに命じてと言っていたので、そういうことなのだろう。

(野生のジャガーを動かすこともできるのなら、ブラックジャガーの仲間ということにならないだろうか。やはり十年前の彼は、アルベールではないのか？)

考えこむ朔良を気にする様子もなく、彼らは言葉を続けた。

「そうそう、ちょうどそのとき、警察がペピートたちを捕まえてその場に連行してきたんだ」

「よかった、逮捕されたのか」

「ああ、もう処刑されたよ」

「処刑？」

「そうだ。アルベールさまは、あの彫刻のように優美な顔で微笑して、ペピートを鳥葬にしろと命じられていたよ」

「鳥葬って……まさかアンデスのコンドルにか？」

「そうだ。チベットだかどこかほど有名ではないが、鳥葬の習慣をもつ場所がある。今ごろ、ペピートも鳥の餌になっているだろう」

「では、もうペピートたちは」

「良かったじゃないか、仇《かたき》をとってくれて」

そう、よかったといえばよかったのだ。欧米の法治国家のようにきちんと警察に逮捕され、裁判によって彼が有罪になることが理想だが、この国ではそういう正攻法では悪をとりのぞくことはできない。軍による圧倒的な力による制圧のあとは、同じような犯罪が起きないようにと、見せしめのような冷酷な制裁をするしかない。悪に対しては力で圧倒する以外には……。

「しかし顔色ひとつ変えずに鳥葬を命じるなんて……アルベールらしいな」

朔良は感心したように呟いた。

「知りあいなのか？　おまえの捜索のため、国中の軍隊と警察を動員したらしいが」

「知りあいって……いうわけでは」

どう説明すればいいのか——ととまどっていると、ふいにホセと他の数人が朔良の肩に手をかけ、身体を密着させてきた。

「……そんなことより、さっきから気になっていたんだが、朔良……おまえからいい匂いがする。そばにいるだけで、ぞわぞわとして変な気分になるんだけど」

「あ、ああ、俺も。以前から綺麗な男だと思っていたが、さっきからむずむずしてしょうがないんだ。……なあ、ちょっとこっちにきてくれよ」

両側からがっしりとかかえられたまま野外ステージの傍らにあるセットの陰へと連れて行かれ、朔良はハッとした。

ジャガーもアルベールも言っていた。

朔良の身体には発情の種というものがあり、それがオスの情欲を煽ってしまうと。では本当だったのか。さっきのセヴァスという男からは何の反応もなかったが、発情の種の効果は人によって違うのか？

「なあ、ちょっとさせてくれよ。口でもいいし、手でもいいから」

クンクンと耳のあたりを嗅ぎながら、ホセは指先で朔良の胸をトントンと叩いたあと、制服の上から乳首をつつき始めた。もうひとりは腰のあたりで腕を巻きつけ、ズボンの上から性器をまさぐってきている。

「待て……っ……ここがどこかわかっているのか……今から大講堂での式典が」

まずい。手のひらで布越しにぐりぐりと性器を弄《いじ》られたとたん、朔良のものも形を変え始めている。乳首は乳首で、布の下でぷっくりと膨らんできているのがわかる。

「式典までまだ少し時間がある、今のうちにやらせてくれ。止まらないんだ」

「ダメだって……待て……っ」

「止まらないんだ、おまえに触れれば触れるほど煽られて」

ホセの目の色が違う。明らかに発情している。もうひとりもだ。息が荒い。

どうしよう、発情の種というやつのせいなのか。

「誰か……助けてくれ……」

しかしはっとしたそのとき、ホセたちの後ろにさらに数人の男子学生が囲んでいるのが見えた。全員、目が血走り、欲情している。完全にふつうではない。

「ホセ……やめろ、ホセ……今、そんなことしている場合じゃ……」

ステージではテレビで見たことのある美しい歌手が、十年ほど前にメキシコで流行《はや》った「マラゲーニャ・サレロッサ」を歌い始めた。大音響のなか、離れた場所にいる学生たちは歌に夢中で、ここでの異変に気づくことはない。

「やめてくれ……頼む……同級生だろう、こんなことは……」

学生たちに肩を押さえつけられ、ホセが床にひざをついて下腹に顔を埋めようとしたそのときだった。

「——っ」

ふいにバサっと音を立てて、巨大なコンドルが上空に現れた。

太陽を背に大きく翼を広げたシルエットは、アンデスの地上絵に描かれている鳥さながらの勇壮な姿だった。

黒い翼、白いふわふわとした襟のような首元。

巨大といっても、おそらく本物のアンデスコンドルよりはひとまわりは小さいだろうが、突然の侵入者に、音楽はやみ、ホセたちも動きを止め、そのまま姿でそこにいる全員が上空を見あげた。

「あれは……」

大きく空を旋回したコンドルが勢いよく朔良のいるあたりに急降下してくる。ものすごい大きな影がかかり、はっとした瞬間、ゆうに二メートル近くある大きな翼のコンドルがホセめがけて舞い降り、鋭い爪で背中につかみかかった。

「うわっ、や、やや、やめてくれーっ！」

暴れるホセを持ちあげ、朔良から引き剝がす。全員が啞然《あぜん》としている目の前で、ホセの身体が空中に浮きあがっていく。

「く……っ……わっ……やめ……助けてくれー……ひーっ」

ホセの呻《うめ》き声《ごえ》が響き、数メートルほどの高さの空中で彼が苦しそうにもがく。

「やめろっ！」

とっさに朔良が叫んだ瞬間、ぱっとコンドルが彼の背から手を離した。どさっと重い音を立ててホセが地上に落ちてくる。

「大丈夫か」

とっさに朔良はホセに声をかけた。

怪我はなさそうだが、驚きのあまり目をぱちくりとさせ、ホセは茫然《ぼうぜん》自失《じしつ》になっている。

そのとき、あたりに低い声が響いた。

「――ブランシュ」

艶を含んだ深みのある男の声に導かれるように、上空に飛びあがったコンドルはバサバサと音を立てて翼をはためかせながら、庭園の入り口へとむかっていった。

薔薇が飾られたアーチの脇に、黒い馬に乗った軍服姿の男――アルベールがいた。

赤い襟、勲章、かっちりとした濃紺色の軍服が、神々しいほど均整のとれた彼の体軀を官能的に彩っている。

艶やかに彼がほほえみかけると、コンドルは静かに翼を閉じてその肩に止まった。

「いい子だ。ありがとう」

トントンとその翼を撫でたあと、はらりと馬から下り、アルベールは後ろに控えていた褐色の肌の部下にコンドルと馬をあずけた。

濃密な蒼穹から降り注ぐ陽差しを浴び、彼が纏《まと》った軍服の金モールがきらきらと煌めく。

陸軍はコンドルとジャガーとのエンブレム、濃紺色の同系色の帽子をかぶっているのだが、今は帽子をかぶっていない。

さらさらとした金髪、黒い眼帯。手には白い手袋。

大講堂へと続く真紅の絨毯《じゅうたん》の上を彼が足を進めると、その場にいた学生たちがさっと両脇に整列し、威儀を正して敬礼をする。

アルベールはさも当然のように、敬礼する学生たちの間を進んでいく。

その姿からは、欧州の王侯貴族さながらの優美さが漂う。

（マフィアの後継者と言っていたが）

こんなにも上品で美しい男がマフィアの後継者だなんて信じられない。

しかもマフィアのなかでも世界一恐ろしいとされているコロンビアの麻薬カルテルのドンの一人息子である。

この国の麻薬カルテルは、貧しさから逃れようとする家の子供たちが仲間に入り、反政府ゲリラの一員として山中のアジトに隠れ住み、賄賂《わいろ》、脅迫、誘拐、強盗、殺人を平然と行うマシーンとなっていく。

最近ではメキシコの麻薬王のほうが恐れられ、派手な警察への報復や政治家の殺害で目立ってはいるが、この国の麻薬カルテルのほうがずっと根深く、凶悪だ。

だがアルベールを見ていると、そんな組織の後継者には見えない。

この国のマフィア特有の、荒《すさ》んだ空気——ともすれば、あまりの非情さに身体の芯まで凍りつきそうになるほどの、そんな荒涼としたものが一切感じられないのだ。

しかしそれでも、ヨーロッパの王侯貴族というには、妖しすぎる。蠱惑的過ぎる空気感。危うい色香がにじみでていて、見ている者に不安と警戒心を与えてしまう。

「朔良……」

アルベールは朔良の前までくると、すっと腕をつかみ、講堂に並べられた座席の一列目に座るようにうながした。

「おまえは一列目に座ってろ。そこなら安全だ」

盛大な音楽とともに式典が始まる。

壇上には学院の各科の代表生徒たちが集まり、陸海空のコースのそれぞれの制服を身につけた生徒たちが整然と列を成して並んでいた。

「アルベールさま、どうぞこちらへ」

壇上の中央に置かれた玉座のような座席に、彼が当然のごとく腰を下ろす。司会が現れ、メデジンの航空大学校の生徒四十名の編入が言いわたされる。

「――ということで、今日から各科の体制が変わることになりました」

司会がアルベールから渡された紙を広げ、生徒会役員としてこの学院内で他の生徒たちを指揮する何人かを任命していく。航空大学校から編入のメンバーからは、元生徒会長のリッカルドに、航空科の副会長の地位が与えられた。

アルベールから任命を受け、忠誠を誓うかのようにそれぞれが彼の前にひざまずいて手の甲にキスをしていく。

「そして最後に、アルベールさまの側近のひとりに、航空大学校から編入してきた朔良を指名します。壇上にどうぞ」

朔良は司会に言われるまま、壇上にむかった。アルベールが立ちあがり、ホールに居並ぶ学生たちにむかって尊大な口調で言い放つ。

「申しわたしておく。この先、私の許可なく、この男に触れてはならない」

「アルベール、俺は……」

「だまってろ。また襲われたいのか」

「……っ」

「私に従え。無事にパイロットになりたいのなら」

朔良に小声で耳打ちしたあと、アルベールは再び学生たちにむかって、傲然と、しかしあくまで優雅さを失わない態度で言葉を続けた。

「もし、もう一度、先ほどのようなことがあれば、ブランシュに命じ、その不届き者をアンデスの山中に棄《す》てる。いいな」

ブランシュとはさっきのコンドルのことだろう。

学生たちの顔にぴりぴりとした緊張が走る。アンデスの山中に棄てる——それは死を意味するからだ。

「で、朔良、おまえへの質問だ。一昨日の宿題……答えは見つかったか」

答え……。彼とブラックジャガーの関係が何なのか。この男とジャガーとの関係。その答えなんて見つけようがない。

「私の世話係は、これまで誰一人として任命したことはない。その栄誉をおまえに与えるのだ。光栄に思え」

ずいぶん傲然とした物言いだ。そんな言い方をされても光栄に思えるわけがない。

「さあ、私への忠誠を」

当たり前のように、アルベールは手を差しだしてくる。

「そこにひざまずいて、全校生徒の前で私に忠誠を誓うのだ」

朔良は強い眼差しでアルベールを睨みつけた。

全校生徒の前で、彼に忠誠を……。

ブラックジャガーを護るために、彼に従おうと決めている。そしてマフィアを倒す――。

そう決意してはいるものの、改めてこんなふうに言われることにやはり抵抗を感じてしまう、そのせいなのか、身体が動いてくれない。床を踏みしめる足先が根を生やしたように、足が前に進もうとしないのだ。心がついていかないせいだろう。

そのとき、ふっとどこからともなく聞こえてくる声があった。

『朔良、早く謎を解け』

ブラックジャガーの声。脳にじかに響くその声が誰のものなのか、本能的に察し、朔良はあたりを見まわした。どこかに彼がいるのかもしれないと思って。

しかし広々とした大講堂にはその影すらない。光が注がれている窓を見ても彼の姿はない。

ジャガーとこのアルベールとの関係などわかるわけがない。

この男のむこうに必ずジャガーの影があるが、どうして朔良とエルマノのことをこの男がつぶさに知っているのか。

どんなに考えても答えがわからない。このままだと、ここで彼に忠誠を誓ったあと、問答無用で犯されることになるのだが。

ぐっと拳を握りしめたまま、微動だにしない朔良の姿に、学生たちの間からざわめきが漏れ始める。

アルベールに忠誠を誓う気がないのではないか、反発する気ではないかなどとあちこちからひそひそと話す声が耳に入ってきた。

いけない、このままでは。気をとり直し、何とか前に進もうとした瞬間――――。

「――――っ!」

ふいに背後に殺気を感じた。

はっと振り返る。

大講堂の上方からレーザーライトの丸い光が照射されるのが見えた。

狙われているのは自分なのか。

いや、違う。アルベールだ。彼の胸の上で光の点がさまよい動いている。

「アルベール、スナイパーが」

朔良は前に進み、それとなくアルベールの手をとりながら小声で囁いた。彼の胸に照準点が定められないよう、スナイパーのいる方向に背中をむけながら。

「おまえが早く誓わないから、私の命が狙われている」

「……気づいているのか」

「今、気づいた」

小声で囁きあうふたりの会話は、ホールにいる学生たちにはまったく聞こえていない。

「だが安心しろ、誰も私を殺すことはできない」

アルベールは、忠誠を誓おうとしている朔良の動きをいったん止め、振りかえって背後に控えている警備員になにか合図のようなものを送った。

次の瞬間、ドンッという一発の銃声が響き、上方の窓から一人の男が落ちてくる。

その手にはライフル。

どさっと重い音を立てて男が落下すると、慣れた様子で警備員たちが死体を運んでいく。

講堂内はシンと静まりかえった。

「日常的なことだ。気にするな」

アルベールは冷ややかに微笑した。

「早く誓え。すみやかに式典を終えたい。学生たちは早くパーティになだれこみたがっている。おまえが誓わないと、パーティが始められない。一学生として、生徒総監に誓いを立てればいいだけだ」

「一学生として？」

「そう、役員の任命は、学校行事のひとつだ」そうだ、これは学校行事のひとつ。他の学生たちも任命されるたび、彼に忠誠を誓い、キスをしていた。同じことをすればいいだけ。彼に屈するわけではない」

「わかりました」

朔良は彼の前にひざまずいた。目の前に手が差し伸べられる。

白手袋に包まれた細く長い指。綺麗な手の形をしている。そう感じながら手をとった瞬間、どういうわけか、身体の奥のほうが甘く疼《うず》き始めた。

……っ。

なにかとても懐かしいような、切なさに胸が掻《か》き毟《むし》られそうになる感覚とでもいえばいいのか、得体の知れない感情に本能的な部分をわしづかみにされたような気がして、全身の血が騒がしくなる。

何だろう、この感覚は。

そのとき、かすかに洋梨――ペーラ・マンテキージャの香りがした、そのとたん、血が熱くなっていく。

甘く官能的なこの香り。一昨日の夜のくちづけを思いだす。

厭《いと》わしいはずなのに、胸が締めつけられそうになるのはどうしてだろう。そんな心の揺れを感じながら、朔良は彼の手の甲にキスをした。

「アルベールさま、あなたに忠誠を誓います」

式典が終わり、パーティが始まった。

講堂の硝子張りになった扉が開け放たれ、室内と庭園が自由に行き来できるような開放された空間となる。

ステージには朔良とアルベールだけが残り、あとの学生たちは開け放たれたホールや庭園で立食しながら談笑している。さっきステージに出ていた歌手が再び現れ、「マラゲーニャ・サレロッサ」を歌い始めると、踊りだす学生たちも出てきた。

アルベールは給仕が運んできたシャンパングラスを受けとり、朔良にもひとつ飲むようにとすすめてきた。

他の学生たちは壇上にいるふたりのことなど気にせず、パーティを楽しんでいるようだ。また暗殺者が現れるのではないかと懸念したが、式典のあと、さらに警備が強化されたらしく、今のところ、不審な者が現れる様子はない。

「で、見つかったのか、答えは」

アルベールが問いかけてくる。

「いや。コンドル……ジャガー、マフィア、ペーラ・マンテキージャ……幾つものキーワードがあるのに、答えが見つからない。あなたとジャガーの関係が何なのか」

「なら、観念して私に犯されろ」

朔良の髪にアルベールが手を伸ばしてくる。

「……ペーラ・マンテキージャ……あなたからもブラックジャガーの匂いがする。それにあのときの彼からも同じ匂いがした。やっぱりあの男の子があなたで……あなたはブラックジャガーの仲間では……。祖先につながりがあるのか」

「仲間ではない。祖先がどうのという関係でもない」

またふりだしに戻った。全く答えが見つからない。

「いずれにしろ、謎が解けなかった以上、おまえはこのまま私の花嫁になるしかない。尤《もっと》も、謎が解けたとしても、おまえは私に犯されるしかないのだが」

「わかっている。ジャガーに危害を加えないと約束した以上は……」

「そうだったな。だが、安心しろ、私はもともとジャガーに危害を加える気はない」

アルベールはふっと艶やかに微笑した。

「本当に？」

「いずれわかる。どのみち、おまえが封印を解いたんだ。責任を持って彼を護ってやれ」

「封印？」

初めて耳にする言葉だった。

「鎖でつながれていたジャガーの姿……覚えているか」

「あ、ああ」

「彼はあのまま朽ち果てる運命だったのだ。おまえが鎖をほどかなければ、深夜、すみやかに密林の獣たちの食餌になるところだった。だがおまえが助けてしまった。だからすべてが始まってしまったのだ」

朽ち果てる運命？　食餌だと？

「わからないなら、教えてやろう。彼は悪魔を封印するために神に捧《ささ》げられた供物だった。彼の身体には、ジャガー神の血以外に、悪魔の血が流れている。だから忌むべき命として、母ジャガーは彼を生け贄として神に捧げたのだ。それをおまえが助けたため、彼自身がジャガー神となるしかなかった」

「え……な……何だって」

「その結果、私という生き物が誕生してしまった。だからおまえは私の花嫁にならなければならない。私を制御するために」

そこまで説明されても、アルベールとのつながりがわからない。

ただ彼が母親から捧げられた生け贄だったと知り、ショックで頭が混乱していた。

どうしてあんなふうにぐるぐる巻きにしてつながれていたのか。

どうして密林のなかでひとりぼっちだったのか。

どうして彼が朔良を必死に愛したのか。何度も何度も命を助け、喪いたくないと必死に縋ってきたのは、朔良以外、誰からも愛されたことがなかったから。

ようやくその理由がわかった気がして、胸がつぶれそうなほど痛かった。

「そんな……生け贄だったなんて……そんなことって。父親が悪魔なのか？」

動揺している朔良のあごに手をかけ、アルベールはいつになくおだやかな表情で言った。

「彼は生まれてはいけない存在だったのだ」

「だって……彼は……まだあのとき赤ん坊で……大けがをして死にかけていて……」

密林の奥で、大怪我をして弱っていたジャガーの仔。傷を治し、ミルクを与え、必死になって助けた。この腕に抱き、コクコクとミルクを飲んでいた愛らしい姿。そのときはまだやわらかな被毛をしていた。

けれどすぐに大きくなって、今度は彼が朔良の親のようになって優しく抱きしめてくれて、ふたりで一緒に眠るのが大好きだった。

今もあの時間を思いだしただけで、胸が甘く疼いてくる。

「どうして、彼が生け贄にされたのか——それが私と彼との関係を知るヒントだ」

ヒント……。なぜ生け贄にされたのか。

「こっちへこい、おまえも。こちらの世界の住人になれば、なにもかもこれまでよりもずっとクリアに見えてくるはずだ」

「……クリアに？　それは……マフィアの世界という意味なのか」

さぐるように問いかける朔良に、アルベールが苦笑いする。

「違う。もっと遠い場所、私が本当に存在している世界だ。私が見ている世界をおまえも見るんだ。花嫁として、私に抱かれれば……すべてが見えるようになる」

すべてが。なにが見えるというのか。彼が普通ではないというのはわかるが。

「だから、いいな？」

アルベールが唇を重ねながら、朔良の身体をカウチに押し倒そうとする。朔良はとっさに彼の肩を突っぱねた。

「待ってくれ。パーティ会場から丸見えだ」

「誰もここを見ることはできない。見てみろ」

うながされ、朔良は視線をずらした。

朔良ははっとした。

いつのまにかステージのまわりをぐるりと数十頭のジャガーが囲っていた。豹《ひょう》の紋様の、がっしりとした体軀の成獣――オスの凜々しいジャガーたちだった。

「これは……どういう」

「私は、この大陸にいるすべてのジャガーを支配できるのだ。ここにいるのは私の部下、そして側近。生徒たちは全員、私の施した集団催眠にかかり、ジャガーたちからこちらの空間はまったく見えていない。ジャガーの存在自体に、気づいていないのだ」

「……そんな力が……あるのか」

問いかけると、アルベールはこれ以上ないほど優雅にほほえんだ。

「言っただろう、私はこの世に放たれた悪魔で、おまえはそれを制御するために存在しているのだ、と」

「……っ」

「そして私はジャガーを支配するリーダーでもある」

「では……やっぱりあのブラックジャガーと深い関わりが」

アルベールはその問いかけには答えなかった。

「ここはジャガーたちの楽園だ。正しくは、現代のノアの方舟というべきか。彼らのために私が築きあげた場所。軍隊という強大な防波堤に護られ、ジャガー神が治める帝国の民を守るための場所」

そう囁きながら、アルベールが唇を重ねてくる。

「ジャガーの帝国にようこそ。おまえは今日からこの楽園の王妃だ」

アルベールがジャガーの帝国の王？　ジャガー神？

ではあのブラックジャガーは何者なのか。

その疑問が解けないまま、朔良はアルベールに唇をふさがれていた。甘い香りが口内に溶けていくのを感じながら。


窓から差しこんでくるカリブの太陽がじりじりと朔良とアルベールを灼《や》いている。

「……んん……ん……っ」

喉から鼻にかかった声が出てくるのを止められない。

熱っぽい舌が口内に侵入し、朔良の舌に巻きついて強く吸いあげてくる。

こちらのすべてを手に入れようとするかのような、深く濃いくちづけ。ステージ上に置かれていたカウチの上でのしかかられ、もうどのくらいこんなことをしているのか。

カウチといっても、熱帯のリゾート地によくある籐《とう》製のベッドのような形をしているのだが、さっきからずっとそこで絡まりあい、キスをくりかえしているのに、ジャガーたちが見守っているむこう――ガーデンパーティを楽しんでいる学生たちは、壇上にいるふたりに視線をむけることはない。

アルベールが言ったとおり、こちらが見えていないらしい。

「ん……っ……ふ」

舌を絡ませあっては、唇を解き、また貪りつくように唇を重ねて口内へと侵入してくるくちづけ。そのたび、彼から漂う香りがさらに強くなり、その洋梨のような甘ったるい香りに、朔良の意識はとろとろに蕩けそうになっている。

朔良の帽子は脱げ落ち、制服のボタンも幾つかとれ、襟元が乱れていた。

「por vos naci, por vos tengo la vida, por vos he de morir, y por vos muero. 同じことを私がおまえに誓ってやる」

ひとしきりくちづけを交わすと、そんなふうに囁きながらアルベールは朔良の脚の間に手をすべりこませてきた。

「……待て……っ」

反射的に身体をよじったそのとき、ふっと視線を感じ、朔良ははっとした。

「あれは……」

アルベールの腕を手で押さえ、朔良は彼に視線をむけた。

壇上をとりかこんでいる数十頭のジャガー。その中央に、人がいる。こちらに視線をむけているのだ。金髪の美しい男性――今朝、朔良を迎えにきたセヴァスという教育係だった。ジャガーのなかの一頭の背に横座りし、腕を組み、静かにこちらを見ている。

「無視しろ。立会人だ」

「立会人て？」

「私とおまえの婚姻が果たされるためには、親族の承認が必要なのだ」

親族の承認？　一体、どこの王侯貴族だ……。

「説明はあとで。契《ちぎ》りを交わしたあとは、婚姻が締結したことを報告しに行く。あいつが消えたあと、ふたりで改めて初夜を楽しもう」

「ちょ……待ってくれ、婚姻て」

「立会人の目など気にするな。神も立ち会っているのだから」

アルベールが上方を仰ぐ。そのとき、屋根付きのホールの天井の真ん中に円形の空間があることに気づいた。

「神が我々の儀式を眺めている」

目が覚めるような真っ青な空。一点の雲もない。その上空をコンドルが旋回している。さっきのブランシュというコンドルのようだ。

ふと思いだした。古代神殿に記されていた文字——コンドルとジャガーは一体となって、この楽園を護り続けるという。

「報告代わりだ。私がおまえという伴侶を得たことの」

艶やかに微笑したアルベールの手に、制服ごしに乳首を弄られる。と同時に、ズボンのファスナーの隙間からすべりこんできた手にいきなり根元からにぎりしめられた。

「あ……う……っ」

　乳首への刺激で胸の奥がじんわりと痺れたかと思うと、ズボンの内側では性器が形を変え始める。そのあたりがぐっしょりと蒸れていくことに恥ずかしさを感じながらも、肌の下がじわじわと疼いてくるのを止められない。

「や……っ……ん……ふ……っ……あぁっ……ん……」

　ひざをもぞもぞとさせながら、無意識のうちに身体をよじらせてしまう。どうしたのだろう。さっきまで何の兆しもなかったのに、急にこんなふうになってしまうなんて。

「おまえの身体は、こうなったら止められない。このままどんどん男が欲しくて大変なことになっていくぞ」

「……っ」

「発情の種のせいだ。あれを鎮めないと、身体のジャガー化が止められない」

「俺は……いずれジャガーになるのか」

「ジャガーにはならない。ただ獣の血が体内で暴れまわり、ニンフォマニアのように男に餓《う》えた獣と化していくのだ」

「いやだ……そんなことって」

「仕方ない。発情の引き金が引かれたのだ。決められた男の精液を体内に受け入れないと。おまえの劣情を抑えることはできない」

「く……」

「そして……発情したまま、狂ったように男を求め、肉欲が制御できなくなる。おまえを制御できるのは、人間では私、それ以外の獣ではジャガー神だけだ」

「あなたと……ジャガー神、つまりあのブラックジャガーだけ？」

「そう、つまり人間では、私以外とどれだけ寝ても、肉欲の苦しさからは逃れられない身体になっている。私の花嫁として生きていくしかおまえには生きる道がないということだ」

彼の花嫁？　この男以外とは寝れない？

なぜ、そんなことになっているのか疑問をぶつけようとしたが、そんな余裕はなかった。

いつしかズボンを下ろされ、ぐちゅぐちゅと淫猥《いんわい》な音を立てて亀頭の先端を弄られ、そこから衝きあがる快感に否が応でも甘い吐息はついてしまう。

「ん……あっ……ああっ」

恥ずかしい。壇上の下――十数メートル離れたガーデンパーティの会場では、同級生たちがこちらに気づきもせず、楽しそうに食事をしている。

こちらにはその声も、会場に流れている流行《はや》りのラテン音楽も耳に入ってきてる。それなのに、何十頭ものジャガーたちがとりかこんでいるので、こちらとむこうとはまるで別の空間のようになっていて、誰も朔良とアルベールの行為に気づかない。

ただ一人、承認するため、立会人として選ばれたあのセヴァスという男だけ。

ぎゅっと性器の付け根を強くつかまれ、指のはらでぐりぐりと尿道口を刺激されるたび、なやましい雫がにじみでてくる。

「とろとろの蜜だ。ここから洋梨の香りがする、変化の証拠だ」

確かに自分の蜜が滴れば滴るほど、甘い匂いが否応なしに濃密になっていく。

「あ……あっ……やめ、やっ……なっ……これ……どうして」

ゆっくりと手を上下しながら、アルベールの爪の先が先端の割れ目をなぞる。そのとたん、甘痒く、下腹の奥がそくぞくとするような、なにか不思議な感覚に襲われ、腹の奥のほうがきゅんと痺れた。

「ん……ふっ……んんっ」

どうしよう、切なげに鼻が鳴って恥ずかしい。まるで欲しがっているようではないか。そこを弄られるだけで、身体の奥のほうが疼《うず》いてしょうがないのはどうしてだろう。おぞましいほど強い快感が走り、どくどくと先走りの雫があふれだし、腿《もも》の内側をぐっしょりと濡《ぬ》らしていく。

「とろとろだな。発情の種の効果というのはものすごいものだ。処女だというのに、こんなに感じて。だが、素敵だ、淫乱な花嫁というのは夫にとっては嬉しいものだ」

この前のジャガーに対抗するかのように下肢を弄《いじ》りながら、たくましい腕で朔良を抱きこみ、頬やこめかみにくちづけをくりかえしたあと、アルベールは甘い口調で耳のなかに囁きこんできた。彼の熱っぽい吐息に、ぞくりとした震えが背筋を駆け抜けていく。いつしか肌が火照り、全身が粟立《あわだ》っている。

「いいものだな、若武者のように格好いい男をこんなふうに淫靡《いんび》に乱すのも」

制服のボタンを外され、シャツをたくしあげられ、すべりこんできた指先にぐりぐりと乳首を嬲《なぶ》られる。

「やっ……ああ……ん……っふ……っ」

「甘い声を出して。好きなのか、乳首をこんなふうにかわいがられるのが」

そう言いながらも、わざと焦らすように触れるか触れないかの距離で乳首を転がしていく。

「あっ……はあ……っあ……ああっ」

指先でつまんでやわやわとつぶされると、乳首のあたりがぴりぴりと痺れ、なぜか下腹部のあたりに甘ったるい疼きが溜まっていく。

「ん……ふっ……ああっ」

きゅっ、きゅっと指先でこするように乳首を摘まれるたび、ぴくんとひとりでに腰がよじれ、甘くて熱い疼きに全身が痙攣《けいれん》してまう。

どうしたのだろう、乳首をかわいがられているだけなのに、下腹のあたりも性器の付け根も溶けてしまいそうなほど熱くなっている。

「どうして……熱い……そこっ……やめて……だめだ……ああっ、あっ、ああ」

こんな快感がこの世にあったなんて。そこが今にも爆発しそうだ。もう達ってしまう。

「ああ……っああ………ああっ……あっ……」

声をあげ続ける朔良のあごをつかみ、アルベールが強く唇を押し当ててくる。

「ん……っふ……」

こちらの喘《あえ》ぎを吸いこむように唇をこじあけ、熱っぽく舌を侵入させてきた。根元から舌を巻きとられ、濃密なキスをくり返される。

「ん——ふっ、あっ、んんっ」

生まれて初めての濃厚なくちづけ。啄《ついば》みながら音を立ててキスをしたかと思うと、唇をこすりあわせながら強く舌を吸われ、息苦しさに脳が痺れたようになっていく。

やわらかな舌のぬくもり。脳が痺れ濃密に舌を絡ませあうにつれ、甘美な香りがさらに強く立ちのぼってきて、朔良の神経をなやましく刺激してくる。

「——っ、あっ、ふぅっ……んっ……ん」

頭がくらくらとする。もうなにか何だかわからない。捏《こ》ねまわしながら乳首を摘まみ、爪の先でつつかれると、びりびりと甘痒い疼きが走って、たまらず腰をくねらせてしまう。

ひとしきりくちづけを交わしたあと、アルベールは半身を起こし、朔良のズボンを下げて足を持ちあげた。

甘く濃密なキスに頭をぼんやりとさせてしまった朔良は、腰を引きつけられてもまだ眸をとろんとさせていた。

「かわいい顔をして。同級生たちは、おまえのことを凜々しい侍のようだと言うが……私には、ジャカランダの薄紫の花のように可憐《かれん》な存在にしか見えない」

アルベールは朔良の腰の下にクッションを移動させた。そのせいでそこが突きだすような形になり、えっと身体を起こそうとしたとき、脚を大きく広げられた。

その間に彼が入ってくる。その体温と重みに身体の内側がぞくりとした。

「ジャカランダの花を日系人たちは紫の桜と呼ぶ。おまえの名のサクラ……その名のとおり、私にとって紫の桜だ。あの日、我々の出会いを祝福するように降り落ちてきた紫の桜。花びらを浴びているおまえの姿を見たときから……私はずっとこうなる日を夢見ていた」

紫の花が降ってきたとき？

あれはいつのことだったか。祝福のように降ってきていたのは何となく記憶しているが、まだ意識が眩《くら》んでいて、はっきりと思い出せない。それどころか今から彼がなにをしようとしているのか想像もつかない。

そんな朔良を愛おしげに見下ろしながら、アルベールは胸ポケットから小さな瓶をとりだした。黄金色の透明な蜜を手のひらに滴らせ、朔良の後ろに手を伸ばしてきた。

「それは……」

洋梨と西洋梔子《ガーデニア》を混ぜたような甘い香りが鼻腔《びこう》を撫でていく。その香りを嗅いだだけで、心地よくなるような馥郁《ふくいく》とした芳香。

「我が一族に伝わる秘薬だ。新婚初夜のための花蜜……おまえに悦楽を与えるものだ」

ねっとりと指に絡め、アルベールが朔良の後ろをほぐし始める。じわじわと窄《すぼ》まりを撫でられたかと思うと、ぬるりとした生温かな液体が体内に挿りこみ、その奇妙な体感に朔良の身体はふるふると震えた。

「あっ……う……っな……っ……これは……」

ずぷっと挿りこんでくるアルベールの長い指。狭い粘膜のすきまを広げながら、秘薬を襞《ひだ》の奥へと流しこまれていくと、じぃんと下腹の奥にむず痒《がゆ》い疼きが芽生え始めた。

「う……あぁっ……な……どうしてこんな……すご……」

じわじわとそれが粘膜に吸いこまれていくにつれ、いてもたってもいられないようなむず痒さに肌という肌が熱くなり、血が熱く滾《たぎ》っていくのがわかる。

全身を掻《か》き毟《むし》りたくなるような快楽に、朔良は縋《すが》るものを求めてアルベールの腕に爪を立てていた。

「やめ……こんな……どうか……これ以上はもう……っ」

「だめだ」

「たのむ、おかしくなってしまう……身体も頭も変に……だから」

「それでいい。そのままもっともっとおかしくなって私を楽しませてくれ」

さらにアルベールは朔良の体内に指を潜りこませてきた。秘薬の効果を強めようとしているのか、骨ばった関節で緩急をつけながら刺激され、腰ががくがくと震える。

「う……ああ……ひぃっ……ああっ」

ぐるっと大きく指を回転させ、敏感に反応を示す粘膜の奥を荒々しくかき混ぜられていく。

「ああ、いっ、ふぅ……あぁっ」

「どうだ、すごいだろう、発芽した発情の種がおまえの身体を支配している。私に抱かれないと、おまえは欲望を制御できなくなり、ニンフォマニアとなって、男——つまり私を求め、飢餓感に餓えてしまうことになる」

肉に食いこむ彼の関節。そこからあふれる刺激のせいで、彼の言っている言葉の半分も朔良の耳には入っていないが、それでも自分の肉体が制御できない激しい快楽に支配されているのだけは、頭の奥で理解していた。

「あ……くっ……あぁっ……ん……」

「かわいい私の花嫁。愛しくてしょうがない」

「ああっ……い……っ」

身悶《みもだ》えるたび、カウチがぎしぎしと軋《きし》む。

信じられない。異様な快楽に脳まで支配されているこの前、ジャガーに口淫されたときと同じように、快楽の渦に身体が呑みこまれていく。

「後ろとここを同時に弄るともっと気持ちよくなるぞ」

アルベールが顔を胸に近づけ、舌先で乳首をつつき始めた。

「あうっ！」

さらっと一撫でされただけなのに、後ろに受けている刺激と同様の、たまらない疼きが皮膚の下に広がっていく。朔良は大きく身をのけぞらせ、甘い声を迸《ほとばし》らせた。

「んん……く……ああ……ああ」

体温が一気に上昇し、うっすらと全身が汗ばんでくる。

「もういいだろう」

アルベールは朔良の腰を摑んで引きつけた。

「なにもかも瑞々《みずみず》しい、そして愛らしい男だ。こんなに美しく、こんなにしなやかに育ってくれて、私がどれほど嬉しいかわかるか。私の紫の桜……」

「ん……っ」

育ってくれて？　今、そう聞こえたが、どういう意味なのか、問いかけるゆとりはない。

窄まりのあたりを熱く脈打つものがこする。彼の性器だというのがわかった。

「今日からおまえは私の花嫁だ」

薄い皮膚を広げ、たくましい肉棒の先端が挿りこんできた。臀部《でんぶ》を手のひらで広げながら、彼がいきりたった猛りをねじこんでくる。

たっぷりとほぐされ、とろとろになっていたとはいえ、朔良のそこは肉塊から受ける圧力に裂けそうになっていた。

「あっ、あぁ、くぅっ、あぁ、ああっ！」

著大な性器を荒々しく埋めこまれ、朔良はたまらず叫び声をあげた。凄《すさ》まじい加圧。全身が張り詰め、痛みと圧迫感に、ぴくぴくと痙攣している。

「狭いな。だがいい締めつけだ。熱くて、快楽に弱くて……淫らだ」

朔良の腰を抱きこみ、心地よさそうに耳元に囁きながら、アルベールがさらに奥へと沈めこんでくる。

他人のペニスが肉の洞を支配し、内臓まで圧迫していく。

「おまえのなか……とてもいい。愛する相手との交尾はこんなにも心地よいものなのか」

言いながら、朔良の腰をひきつけ、ぶつけるように打ちつけてきた。

「あぁっ、あっ……ああ、あぅ、いや、あぁ」

強く揺さぶられ、穿《うが》たれるたび、重々しい体重を身体に感じる。

重い。これ以上、俺のなかに挿ってくるな。そう言いたいのに、結合部から広がっていくたまらない快感に肉体が支配されていく。

そのとき、耳元に甘い声が触れた。

「愛してる、朔良……おまえこそが私の愛《いと》しいエルマノ。だが、今日からは、私の愛しい相手だ——ミ・カリーニョ」

「え……」

見あげると、碧《みどり》の眸が甘やかに朔良を捉えていた。

妖しく、それでいて優しげな眸。

「……今……何て……っ」

苦し紛れに問いかけると、アルベールは淡い笑みを口元に刻んだ。

「Te amo, Te quiero, Estoy loco de ti.Te adoro……No puedo vivir sinti. Mi vida contigo,Estoy enamorado de ti.Eres la alegria de mis ojos. Estoy tan feliz como nunca.Yo soy ti,Eres mivida,mi todo……」

甘く情熱的なスペイン語の愛の囁きが鼓膜に溶けていく。

おまえを愛している、おまえが欲しい、おまえに狂ってる、おまえを熱愛している。おまえなしでは生きていけない。おまえは私人生そのものだ。私の人生はおまえとともにある。おまえに惚れている。おまえといることが私の喜びだ、こんなに幸せな時間はこれまで一度もない。私はおまえ、おまえは私の人生、私のすべて――。

そんな愛の言葉をいっぱい浴びせられたところで、ただ耳を素通りしていくだけで、実感が湧かない。

そう、上滑りなだけの言葉だと思うのに、どういうわけかその低く抑揚のある声の囁きに、身体だけでなく頭までもが痺れたようになっていく。

「あぁっ、あぁ、ああ」

体内を行き交う強烈な体感に全身を痙攣させながら、彼の考えや言葉の意味がわからないまま朔良は深い快楽の淵《ふち》へ堕《お》ちていった。

見あげると濃密な蒼穹《そうきゅう》。

自分たちをとりかこんでいるジャガーたちの群れ。

じっとこちらを見つめている金髪の美しい立会人。城壁のむこうにはカリブの海が広がっている。

そして上空には、神がいるような、深く濃い蒼をした濃密な蒼穹が広がっていた。

5　ジャガーの秘密

「――では、これから報告にいってまいります」

立会人としてふたりの結合を見届けたセヴァスが去ったあと、朔良はアルベールに抱きかかえられ、大講堂の裏にある彼の館《やかた》へと連れて行かれた。

士官学校の学生たちが住む寮から少し離れた場所に隔離されたように建てられたスペイン風のパティオのある邸宅。

熱帯の植物が植えられた密林さながらのパティオには、ところどころにハンモックがかけられ、その場で水浴びができるような楕円形《だえんけい》のプールもあった。

連れて行かれた部屋はパティオに面した寝室で、豪華絢爛《ごうかけんらん》な金細工の大きな寝台があり、そこには花嫁衣装のような薄いベールで包まれた蚊帳がかけられている。

続き間になった浴室は雪花石膏《せっかせっこう》の豪奢《ごうしゃ》な洗面台のむこうに大理石のバスタブ。

そこでシャワーを浴び、バスローブに着替えて部屋に行くと、アルベールはバルコニーでワインを飲んでいた。

バルコニーの下は断崖になっていて、雄大なカリブ海が眺められるようになっていた。

「ここで今日から私と暮らすのだ、気に入ったか」

「……」

気に入ったもなにも、こんな豪華な部屋は初めてだったし、この男とセックスをした衝撃と混乱で頭がぐるぐるとしていて、室内を堪能する余裕などない。

「表向きは……私の部屋係として、ここで私の身のまわりの世話をしていることになっているが、世話をする必要はない。明日、紹介するが、私の側近のシモン・ロペスという男が使用人としての仕事は引きうけてくれる。困ったことや足りないものがあれば、すべて彼に相談しろ。信頼できる男だ」

「できれば、俺は寮で暮らしたい、学生らしく」

「それはダメだ。すぐに犯されてしまう、発情の種があるのを忘れたのか。セヴァスとシモンは心配はない、それから他の側近たちも、私のまわりの者はおまえを襲うことはしないが、他のやつらはわからないだろう」

そんな話をしている間に使用人たちがテーブルに豪奢な食事を用意し始めた。

イチゴやサボテン、パッションフルーツ、マンゴー、洋梨が並べられたフルーツ皿や瑞々しいトマトやレタス、チーズ、ハムを挟んだ香ばしいクラブサンド。新鮮なぷりぷりのコンク貝と小さくカットした野菜のサラダや艶やかなロブスター、トビウオのフライは、内陸にはないカリブ海の食べ物だ。

他にもブイヤベースのスープや、肉を挟んだパイ等、次々と運びこまれ、テーブルから漂ってくるおいしそうな匂いに空腹が刺激される。

「好きに食べろ」

「あ、ありがとう、でも……俺があなたの部屋係なのに」

「必要ないとさっき言っただろう。花嫁は花嫁らしく、私と甘い生活を送ればいい。あとは学生らしく勉強をしろ。航空大学校では首席だったのだろう？」

「あ、ああ。ここで、できれば最新鋭の飛行機に乗りたい。その訓練がしたいんだ。今朝、学校にくるとき、マッハで飛ぶアメリカの戦闘機を見かけたんだが、あれに乗れるようになるにはどうしたら」

「おい、待て。いきなり戦闘機の話か。無粋な男だな、新婚初夜にいきなり」

朔良の口元を手で押さえ、やれやれと呆れたようにアルベールが肩で息をつく。

「コンドルになれと言ったじゃないか。一刻も早く、自由に空を飛べるようになりたい、だから一分一秒を惜しんで、勉強をしないといけないんだ」

「朔良、勉強の話は明日からでいいだろう。今日は、全員がパーティを楽しんでいる。おまえも私との初夜を堪能しろ」

朔良の背を抱きこみ、アルベールは広々としたベランダに置かれた長椅子に腰を下ろし、自分のひざの上に向かいあうような形で座らせた。そして首筋にくちづけをしてくる。

「待て……。まさか、まだ……するのか」

乳首に触れてきたアルベールの手首をつかみ、朔良は眉間にしわをよせた。

「当然だ。見ろ、誰もが愛しあっているのに、新婚の我々が楽しまないでどうする」

アルベールにうながされ、バルコニーの下を見ると、カリブの眩い太陽に照らされ、ビーチで楽しげに戯れている若い男女の姿があった。

楽しげなラテン音楽が鳴り、裸に近い格好で絡まりあい、まわりを気にせず、踊り、歌い、食べ、飲み、愛しあっている。

勿論、男女だけではない、男同士も女同士も。見れば物陰では獣たちも交尾をしている。何という光景だろう。

「我々の婚姻を報告したあと、あの男……セヴァスもどこかで男を誘いこんで楽しんでいるはずだ。あの男、我々の情交を見学させられ、劣情を煽られていたからな。あのあたりにでも行って、一晩中、楽しんでくるだろう」

アルベールは、眼下に見える広々とした海のむこうにある豪奢なホテル街に視線をむけた。

「彼は……あなたの遠縁だと言っていたけど。父親の関係の？」

「いや、母方の」

「では、あの密林のあたりに土地を持っていたという」

「そう、その母方の遠縁にあたる。メキシコ生まれだ。だが訳あって国を追われ、今は私のところに身をよせている。そんな話よりも、もっとふたりの時間を楽しもう。今夜は我々の初夜だ。一度では治まらない、もっとおまえと愛しあいたい」

再び、アルベールは朔良を抱きしめ、くちづけしてきた。

「ん……っ……っ」

だめだ、くちづけだけで、また身体が熱くなってきた。

バスローブがはだけ、彼の手が胸をまさぐってくる。それだけで下腹のあたりがじぃんと熱くなってくる。

「はしたない男だな。私の軍服を淫らな汁で濡らしたりして」

朔良の意思とは関係なく、とろりっと性器の先端から染みでた蜜が腿を伝ってしたたり、彼の衣類を濡らしていた。

「え……これは……っ……発情の種のせいで」

「ああ、すばらしい淫靡さだ。さすが神が私のために選んだ花嫁だというべきか」

軽く揶揄しながらも、口元に満たされたような笑みを浮かべている。

「俺だってわからない……っ……そんな……どうして……俺が……俺の身体がこんなことに……なっているのかが」

「いいんだ、それで、もっと私を欲しがれば。もっと淫靡になれ。もっと気持ちよくなるようにしてやろう」

アルベールは近くにあったグラスの中身を口に含み、朔良にくちづけしてきた。ふわっと甘い香りが口内で弾けたかと思うと、そのままそれが喉の奥に落ちていく。

「ん……ふ……っう……んんっ」

洋梨の香りだが、いつもより甘ったるい気がする。変だ。すごく官能的な感覚に囚われ、胃のあたりから身体が熱くなってくる。

「ん……っふ……ふっ……んんっ」

じぃんと下腹が痺れてきて、身体の奥が淫靡な感覚の坩堝《るつぼ》に呑みこまれていく。

くちづけしているだけで、ぴくぴくと身体が痙攣する。

そうかと思うと、性器やさっき彼とつながった場所がうずうずとし始め、朔良の腿は先走りの汁でぐっしょり濡れていた。異様な劣情の嵐に身体が逆らえない。さらなる快楽を求めて腰が勝手に震えてしまう。

「……っ……これは……一体……今……俺になにを飲ませた……」

「コカインだ」

体内の熱さとは裏腹に、その言葉に朔良は氷結したように硬直した。

「え……っ……」

そんなものを身体に入れたらどうなるか。愕然とする朔良を一瞥し、アルベールは満足げに微笑した。

「安心しろ……別のものだ――ペーラ・マンテキージャの実から抽出した我が一族に伝わる花嫁のための酒だ」

「うそだ……そんなもの……」

「依存性はない。快楽を求めるようになる誘淫のための酒だ」

「絶対……コカだ」

「おまえの反応がおもしろいから言っただけだ。とても愛らしい。その姿が見たくて嫌がることを言ってみたくなっただけだ」

「な……」

「なにもかもが新鮮でかわいい。生真面目な男らしさ、スレていない純粋さ、そして情の熱さ、すべてが私の好みだ」

首筋に触れるあたたかな吐息が心地いい。乳首に触れる指先の動きに腰のあたりから蕩けそうになっている。

そのままなだれこむように、朔良はアルベールの背に手をまわし、彼から受ける快楽のすべてを受け止めていた。


それからどのくらい彼と睦みあっていたか。

いつしか挿入だけで達してしまうほどの快楽に身体がなじんでいったとき、朔良の脳裏に不思議な光景が浮かびあがった。

自分が操縦席に座り、アルベールを連れて大空を駆けぬけていく。

どこなのかわからないが、密林のなかにテーブルマウンテンのように浮きあがった大地があり、チチカカの神殿やナスカの地上絵のような絵が刻まれたその世界をふたりで静かに見下ろしている。

『幸せだな』

アルベールが後ろの席から朔良の肩に手をかけ、耳元で囁く。

『ああ』

やがて朔良は、地上に浮かびあがった滑走路にむかって降下していく。

着陸し、コックピットから出ると、いつしかアルベールの姿はブラックジャガーに変わっていた。

『乗れ、我々の故郷にもどるぞ』

彼の背に乗り、地上絵の中央にあるコンドルの身体の上を通り過ぎ、地下に沈んだ神殿跡まで行く。

ノアの方舟が辿り着いた場所らしく、そこには方舟、多くの動物たちの姿が刻まれた大きなレリーフがあった。

人間、犬、猫、鳥、虫……とすべての生き物が一対になっているのに、彼らを導いている
ジャガーとコンドルだけが単独のままになっている。

レリーフの前を通り抜けていと、ジャガーは祭壇の前で立ち止まった。そこで背から下ろされ、後ろから彼のものにされる。

『あ……ああっ』

いつしか後ろからブラックジャガーに穿たれ、朔良は悦びの声をあげている。

その浅ましい自分の映像が頭を通り抜けていた。

上空は天国まで続いていそうなほど濃密な蒼穹が広がり、目を開けていられないほどのまばゆい太陽の光が降り注いでいる。

紫色の桜《ジャカランダ》の濃い影が揺れ、はらはらと花びらが落ちるなか、ジャガーとの交合に悶えている自分。

地面には紫色の雪のような花びらが散り落ち、ふたりの褥となっている。

『や……あ……っあぁっ』

神殿には、朔良の吐息交じりの声が反響している。

けれど逆光のせいで、その表情はまったく見えない。朔良の性器はそそり勃ち、その先端からとろとろと蜜が流れ落ち、神殿の床を濡らしている。

『ああ……っあ……あっ……っああ…もっと……もっと深く突いてくれ。そう、そこ、ああ

っ、いい――――すごく……いいっ』

荒々しく腰を打ちつけてくるジャガー。心地よさそうな声をあげ、もっともっとと彼にねだっている。

「ああっ、いいっ……そう、そこだ……もっと、もっと……そう、もっと……ああっ」

「――――――っ!」

はっと目を開けると、朔良の目をカリブ海の濃い青空が貫いた。

窓から差しこんでくるじりじりとした太陽の光。

バルコニーの下に広がっている海からは、はしゃいだ若者たちの声やカモメの声、それに汽笛が聞こえてくる。

すでに昼前になっているらしく、窓からは潮の香りを含んだ熱風が入りこんできていた。

(今の夢は……)

朔良は広々とした寝室の中央のベッドで眠っていた。素肌にシーツをまとったままの姿で。身体にはまだ生々しい情交の余韻が刻まれている。

何だったのか、今の夢は――――。

古代遺跡の神殿で、幼なじみのブラックジャガーと性行為をしている夢だった。

あまりにもリアルな夢だったせいか、心臓がドキドキと大きく脈打っている。

おそらくアルベールとの情交の余韻なのだが、まだセックスをしたときの体感が身体に残っているせいもあり、それがアルベールとのものだったのか、夢のなかで見たジャガーとのものなのか、一瞬、混乱してしまいそうだった。

勿論、すぐに現実にもどり、この身体に残る感覚は、昨日のアルベールとのものだというのがわかったが。

「まいったな」

あんな夢を見るなんて……とため息をついたとき、扉の陰にいる人の気配に気づき、朔良は視線をむけた。

アルベールの教育係のセヴァスがそこにいた。

「おはようございます。といっても、もう昼前ですが」

「あの……」

「アルベールさまに婚姻の締結を報告してきたと伝えにきたのですが」

「報告というのは、誰に……」

「神殿に行き、神に報告を」

「あなたは……アルベールの母方の遠縁だと聞きましたが……やはりあの神殿のあたりの土地に関わりのある方なのですね」

「そこまで密接な血縁関係はありませんが……同じ種属ではあります。ヒト亜属、つまりホモサピエンスとは違う。我々は、ジャガー神の血をひく種属です」

「え……」

「ジャガー神の子孫として生まれ、本来なら、ぼくは人にもジャガーにも自由になることができるはずなのに、残念ながら、不完全な肉体で生まれてしまい、ジャガーになることができませんでした。それゆえ、ホモサピエンスに紛れて生きていくしかないのです」

なにを言われているのか、さっぱりわからない。

この世に、ホモサピエンスとは違うヒトの種属が他にあって、しかもジャガーにもヒトにもなれるなんて。

まずそんなこと自体、あり得ないと思うのだが、冗談を言うタイプにも思えず、朔良はポカンとした顔のまま、彼の話に耳を傾けた。

「ただホモサピエンスのなかにいても肉体に流れる肉食獣の血ゆえに、ぼくは理性ではどうしても性欲を抑制することができない。あなたの身体にある発情の種と似たようなものです。命を助けられたことで、あなたも身体がジャガー化すると言われませんでしたか」

「あ、はい……確かに」

「それを少しでも抑えるには、ジャガー神のそばにいるしかないのです。だから、ここにいるのです」

「ここ？」

「そう、ブラックジャガーのいる場所……あなたが、幼いときに助け、エルマノと呼んでいる彼の近くに」

「え……近くって……では彼はどこに」

「ここにいますよ。どうぞこちらへ」

セヴァスの背後から、ゆっくりと現れたのはブラックジャガーだった。

艶やかな漆黒の毛、優美な体軀、気品のある佇まい。再会したあと、ずっと行方が気になっていたが、こんなところまで会いにきてくれるとは。

「……エルマノ……」

ベッドに飛び乗り、彼は愛しそうに舌先でペロリと朔良の頰を舐めた。

「……ああ、よかった、助けてくれたあと、会えなかったのでどうなったのかと思っていたけど……来てくれたんだ」

朔良が問いかけると、ジャガーは朔良の身体に頰をすりよせてきた。

心地よい毛の感触。愛しさを感じ、朔良はその背に腕をまわして同じようにそのたくましい肩に頰をすり寄せた。

うれしそうにゴロゴロと喉の奥で低い音を鳴らしながら、エルマノが朔良の胸に顔を埋めてくる。

乳首のあたりが刺激されて変な気分になりそうだ。

だが幼いとき、おっぱい代わりにミルクを与えたことを思いだし、あいかわらず子供のままなのかもと思って愛しくなってきた。

「よしよし。かわいいな、本当に。でも俺の胸からはミルクは出ないから。前もそう言っただろう。幾つになっても子供だな」

笑いながら、よしよしと彼の頭を撫でる。そんな朔良の様子を見て、セヴァスは苦笑しながら言った。

「ずいぶんと、彼がお好きなんですね。ご自分の子供みたいに思われているようで」

「ああ、大好きだよ。子供のときから大好きだった。助けたときはまだ小さくて、母親みたいにミルクを飲ませて、俺が育てたんだ。当時は俺の子供みたいだったよ」

「母親みたいにミルクを？　彼にですか？」

「ああ、小さな肉球で俺の胸を触ってくるから、母親みたいな気分になって、ミルクを飲ませたら、すっごく元気にコクコクと飲んでくれて。そうしたら、おしっこをぴゅーっとかけられて、ホントにかわいかったんだ」

嬉しそうに、やや自慢げに朔良が説明すると、セヴァスはクスクスと笑ってブラックジャガーの肩に手をかけた。

「つまり幼少時に朔良さまから赤ん坊扱いされていたのですね。それを思いだして、甘えていらっしゃるのかわかりませんが、いけませんよ、どう見ても、赤ちゃんプレイを楽しんでいるようにしか見えませんから」

「あの……セヴァスさん、そういう身も蓋もない言い方をされるのは……。彼は再会を喜んでいるのですから」

「再会を喜ぶもなにも……ついさっきまで、何度もまぐわっていらしたではないですか。まあ、あなたたちだけではなく、この地は、人も獣も狂ったように貪りあい、欲望を剝きだしにしてしまうようなところではありますが」

「は？　ついさっきまで？」

「それにしても……育ててもらった恩人にあんな激しい行為を強要して花嫁にするなんて。育ての母を犯すようなものですよ」

セヴァスの言葉、不機嫌そうにブラックジャガーが喉を唸らす。苦笑し、セヴァスは戸口へとむかった。

「はいはい、邪魔者は退散します。神への報告も済ませましたので、では、今後はどうぞごゆっくり愛妻とのお時間をお楽しみください、アルベールさま」

去り際に彼が残した言葉に、朔良は驚いて目を見ひらいた。

「今……アルベールさまって」

問いかける朔良をじっと見たあと、ブラックジャガーは小さく微笑し、その身を離し、べッドからするりと下りた。

「え……」

次の瞬間、朔良は心臓が止まりそうなほど驚いた。いや、冷水を浴び、アンデスの頂上から放り投げられたくらいのショックを受けていた。

目の前で忽然とブラックジャガーが姿を消したかと思うと、次の瞬間、そこからアルベールが現れたからだ。しかも眼帯をつけていない。

金髪、碧の眸、金色の眸というオッドアイ、そして原住民の装束をまとったアルベールの身体に、黒い耳と黒い尻尾が生えていた。

「な……どうして」

腰が抜けてしまいそうなほど驚き、無意識のうちに朔良はベッドであとずさりした。

今、見たのは夢でも何でもない。

ジャガーが人間になった。

しかもよりによって、あの大好きなエルマノがアルベールに――――。

「これが答えだ。私がエルマノだ、朔良」

口を開けたまま唖然としている朔良を見つめ、アルベールはそう言うと、黒い眼帯で金色の側の眸を覆った。

すると一瞬にして彼の耳と尻尾が消える。

「どういうことなんだ……何で……」

アルベールがブラックジャガーで、ブラックジャガーがアルベール？

彼の片目を隠せば、彼は完全に人間……ホモサピエンスになるというのか。

なにが起きているのかわからず、朔良は呆然と目をみはることしかできない。

「私は不完全な生き物なんだよ、ジャガーであり人間でもあるが、ジャガーとも人間ともいえない」

アルベールは袖口をまくった。彼の身体にはもう耳も尻尾も、その痕跡すらないが、手首にある傷痕に見覚えがあった。

「おまえが助けたときの傷だ。ミルクも飲ませてくれたな」

「……っ」

では、やはり事実なのか。

考えれば、確かにそれが答えだというのが一番正しいかもしれない。

だが、愛しいエルマノとアルベールという人物がまったくつながらず、それが答えだとは思いもしなかったのだ。

「私は、エル・ドラドの帝王だったジャガー神の末裔だ。その子孫と、この国を支配しているマフィア、ドン・ソレル――裏社会の帝王との間にできた、人間ともジャガーともいえない生き物なのだ。この世にふたりといない生き物になるだろう」

「ふたりといない……」

「聖と悪のふたつの顔と魂をこの身に宿している。ジャガーたちにとっては、私はジャガー神の末裔、そしてエル・ドラドの帝王となる存在。この眼帯をとり、太陽の下にいけば、いつでもジャガーになることができる」

アルベールは制服を身につけながら淡々と言った。

「人間にもどりたいと思えば、いつでももどれる。ただ不完全ゆえ、意識しなければ、尻尾と耳を隠すことはできないが、それでもこの眼帯をつけ、金色の眸の力を封印すれば、ただの普通の人間――ドン・ソレルの一人息子となる。つまりこの国の影の帝王の後継者となるのだ。それが私だ」

聖なる存在――ジャガー神。悪しき存在――マフィア。その両方の血を受け継ぎ、その両方の後継者……。

「不完全ゆえに、時として自分で制御できないことがある。マフィアに大いに利用されてしまう。そのため、それを制御するために神に選ばれたのがおまえだ――朔良」

「どうして……どうして俺が」

「決まっているではないか、私が愛したからだ」

「愛した……」

「私が愛した人間だけが私を護り、私を制御できる。神の守護者となり、悪魔の制御者……

それがおまえだ」

　アルベールはベッドに腰を下ろし、朔良の身体を抱きよせた。

「愛しい朔良。おまえと一緒に生きていくことで私は私でいられるのだ。おまえは気づいていないかもしれないが、これまでも私を護ってきた。出会ったときもそうだったし、あの式典のときもスナイパーに気づいた」

「あれが？」

「私は悪しき血を継いだ代償として、己の身に降りかかる危険が察知できないのだよ。ただ伴侶、私の守護者となるつがいだけが、その危険に気づくことができる。おまえは私の運命の相手だ」

「待ってくれ……でも出会ったときは、まだ……ジャガーは赤ん坊で……」

「すぐに愛してくれたではないか。ミルクを飲ませてくれ、傷を癒やしてくれて」

「あ、ああ」

「おまえは母親のような愛をくれた。あのときからおまえが好きなんだ。おまえだけが」

「……っ」

「私は、自分の命の危機はまったく察知できない代わりに、目の前にいる相手が自分を愛しているか嫌っているか、どんな感情を抱いているか、そのまわりに揺らぎでる空気の色で察知できるのだ。尤もたいていは憎んでいるか、或いは恐れているかだけだが」

自嘲気味に呟き、アルベールは冷ややかに嗤《わら》った。

「だがおまえだけは違った。最初から愛情をむけてくれていた。父も母も誰からもむけられたことがない色彩を……いつもおまえだけがにじませていた」

「アルベール……」

「だが、今は……残念ながら、その愛情の色彩は感じられない」

当然だ。ジャガーが彼だなんて知らなかったのだから。どれだけ考えても、頭のなかで結びつくことはなかった。

「どれだけ身体をつないでも、おまえからは愛も憎しみも感じられない。さっき、ブラックジャガーになったときは、愛情にあふれた色彩が見えたのに、アルベールになったとたん、消えた。アルベールの前では、おまえのまわりの空気はいつも無色透明だ」

頬に手を添えたアルベールから切なげに訴えられる。

だが、まだ彼とブラックジャガーとが同じ生き物——ということが頭のなかでつながらず、ただただ朔良は混乱していた。

「まあ、いい、いつまでも待とう。おまえが愛してくれるまで。すでにおまえは誓ってしまった。私のものだ。どれだけおまえがイヤがろうと、おまえは私の愛がなければ生きていけない。私の愛がなくなると、癒やした傷が再び悪化するのだから」

「……っ……つまり……死ぬということか」

静かに、ひずんだ声で問いかけた朔良に、アルベールは残念そうにうなずいた。

「そうだ。おまえの生は、私の愛によって成り立っている。これからは快楽も与えてやる。そうしてふたりで生きていけば、それぞれ完全な人間として完全な人生を歩めるだろう」

それで完全といえるのか。

確かにジャガーから癒やされなければ、自分はとうに死んでいた。

ブラックジャガーのことは大好きだ。

だがこの男のことはまだなにもわかっていない。好ましいという感情よりも、不可解、恐怖、謎といったことのほうが多い。

「俺はブラックジャガーとともに彼の住んでいる国に行くものだと。まさかこの世で、マフィアのドンの息子の愛人になるとは」

「愛人ではない、花嫁だ。それにただのマフィアではない」

「でもマフィアの後継者だ」

「そう、どちらにもなり得る。神にも悪魔にも。それを制御できるのはおまえだけだ。だからマフィアにさせたくなければ、おまえがそれをとめろ」

「どうやって」

「パイロットになればいい。おまえをコンドルにするため、ここに招いたのだから」

「アルベール……」

「コンドルのように空を羽ばたくパイロットになるんだ。就職して、稼いで、両親にコーヒー農園をプレゼントするのが夢なのだろう？　私が引出物としてやりたかったが……断られてしまったからな」

「ああ、あの農園……今は、あなたの父親が支配しているあのコーヒー農園をいつか俺が買いとって、両親にプレゼントする。引出物としてではなく、俺の力でだ」

「無駄だ、あの土地はもう無理だ。すべてコカの畑に変わっている」

「あなたの父親の収入源に……ということか」

「そうだ」

「なら、阻止する。それを買いとってやる」

朔良の言葉に、アルベールは楽しそうに微笑した。

「いいだろう、父から奪ってみせろ。といっても、あの男ももうそろそろ年だ。あと数カ月の寿命なんだよ」

「え……」

「だからおまえは、あの男が死んだあと、私からそれを奪えばいいだけだ」

「あなたから」

「そう、奪ってみせろ」

「いいのか」

「当然だ」

わけがわからない、本当にそれでいいのか。

「おまえは私を制御できる生き物だと言っただろう。私のまわりにある悪をすべて滅ぼすのがおまえの役目だ」

「あなたは……それを望んでるの？」

「さあ、別に私はどちらでもいいんだ」

「なら、どうして」

「アルベール・ソレルの人生などどうでもいい。だが……私のなかのジャガー神の血がおまえを愛してしまっているから。おまえを妻として、おまえを伴侶として、おまえに支配されたがっている。愛されたがっている」

彼のなかにふたつの人格があるのか？　いや、違う。相反する血ゆえに相反する感情が彼のなかにあるのだ。

「だからおまえが最高のパイロットになれるよう、メデジンの航空大学校を合併させた。できれば、こんなに早く妻にする気はなかった。その前に、ここでおまえと普通の学生同士として楽しい時間を過ごしたかった。私には無縁かもしれないと思っていた学生生活や青春というものを味わおうと計画していた」

ペピートの事件さえなければ……と彼は残念そうに言った。

「信じられないかもしれないが、こう見えても私は夢見がちなロマンティストだ。大昔、アメリカで流行ったパイロット養成学校の映画のように、卒業式の日におまえを腕に抱き、愛を伝えるつもりでいた」

これまでとは違い、甘く優しい眼差しでアルベールは朔良を見つめた。

知らない、そんな映画なんて。

そもそも映画などまともに見たことがないのだから。

「だから仕方なく、予定よりも早くおまえを私のものにした。どうしても生かしたかった……いや、言い訳か、本当は一刻も早くおまえを自分のものにしたかったのだ」

アルベールは淡く微笑し、朔良の髪に手を伸ばしてきた。

この男がわからない。

滅ぼされたいと思っているのか、それともなにもわかっていないのか。アルベール・ソレルとして生きたいのか、ジャガー神として生きたいのか。

「すぐに私を愛してくれといっても、無理なのはわかっている。いずれ愛してくれる日がくると信じている。だからそれまでは肉欲を満たす相手として互いに利用しあうだけでいい。おまえがそばにいれば、私の悪の力は制御できるのだから」

アルベールが熱っぽく唇にキスしてくる。

「ん……ふ……っっ」

またペーラ・マンテキージャの濃密な甘い香りがしてくる。脳を痺れさせ、身体の官能を目覚めさせ、性衝動を煽る香り。

また身体が彼を求め始め、血がざわつきだしていた。また発情している。この男に穿たれたくてうずうずし始めていた。

「すばらしく淫靡な身体だ、初夜が明けたばかりとは思えない淫らさ」

乳首に触れる彼の指。爪できりきりと引っかかれ、やわらかく摘まれたとたん、たちまち身体の中枢が熱くなる。性器は形を変えて蜜にまみれ始め、腰がぴくぴくと跳ねてしまう。

「ん……っあっ……く……あっ……ふ……ああ……っ」

喉からは、また甘ったるい声が出てきている。

その吐息を吸いこむように彼がくちづけてくると、また内部をいっぱいに満たして欲しくて腰がかってに揺れてしまう。

窓から入りこむ太陽がふたりの身体をじりじりと灼いている。

「く……ん……っう……んんっ」

くちづけをしていると、やわらかな舌のぬくもりとともに甘い香りが脳髄を酔わせ、なやましいまでに妖しく神経を刺激してくる。

「ん……んんっ……ふ……ん——っ……んんっ」

いつしか意識がくらくらになり、もう朔良の身体は快楽を求めるだけの獣になっている。

この地にいると、この太陽を浴びていると、本能に従って獣のように自分の欲望が剝きだしになってしまうのか。

或いは、発情の種ゆえに、肉体がオスを求めて暴走してしまうのか。

彼に触れられた乳首がじんじんと痺れている。

指だけでなく、彼の唇や舌、それに歯で何度も何度もかわいがられてしまったせいか、たった一日でぷっくりと大きく膨らんでしまったような気がして恥ずかしい。

「もうとろとろだな。こんなになって」

「言うな……」

「男を知ったばかりの花嫁とは思えないほどの貪欲さ。もっとふしだらに、もっといかがわしい獣になって……肉体だけでも……私に囚われ続けてくれ」

性器を弄られながら、腿をひらかされ、下から彼に串刺しにされていく。

「ああっ……ん……ふ……っ」

ぐちゅっと音を立てて挿ってきた肉塊が熟れて爛れたようになっていた粘膜をこすりあげる。その摩擦熱にかあっと痺れるような疼きが広がっていく。

「あ……ああっ……く……」

ズンと奥深くまで彼が侵入してくると、もう頭のなかから羞恥や理性が消え、信じられないほどの快楽が全身を突き抜けていく。

たまらない快楽に全身が痺れていた。

いつしかふたりの肌がしっとりと汗ばんでいる。

朔良の腰をつかんで彼が身体を上下させるたび、ぬるぬるになった乳首が互いの肌の上を滑っていって、いっそ妖しい気分になってしまう。

もう止められない。身体が彼を求めてやまない。

彼が欲しい。体内を彼で満たして欲しい。

自分がそんな獣になっていると確信しながら、朔良はその腕のなかで大きく身体をのけぞらせていた。

肉体が絶頂にむかって駆けのぼっているのを実感しながら。

6　アミーゴ

「——では、今から離陸します」

カリブ海の上空を小型飛行機に乗り、飛行訓練をする。

これまでの学校で乗っていた旧式のものと違い、新しい士官学校の飛行機はすべてが欧米製の最新のものだった。

この学校では、最近アクロバット飛行のチームが結成され、選ばれたメンバーたち六人によって、次の学校祭のための訓練がなされている。

イギリスのレッドアローズ、フランスのパトルイユ・ド・フランス、アメリカのサンダーバーズの元メンバーたちがそれぞれ指導に当たっているらしい。

（すごいな、この最新の学校をすべて支配しているのがアルベールか）

ああいう戦闘機も格好いいとは思うが、できれば医療用、災害用の飛行機のパイロットとして働きたいと思っていた。

『いつか私を飛行機に乗せてくれ。コンドルの気分が知りたい』

ふっとアルベールの言葉が脳裏に響く。

あの言葉とそれから……。

『私が愛したからだ』

本当に彼は自分を愛しているのか。

『アルベール・ソレルの人生などどうでもいい。だが……私のなかのジャガー神の血がおまえを愛してしまっているから。おまえを妻として、おまえを伴侶として、おまえに支配されたがっている。愛されたがっている』

『すぐに私を愛してくれといっても、無理なのはわかっている。いずれ愛してくれる日がくると信じている』

次々と脳裏に甦ってくる彼の言葉が朔良の心を狂おしく支配している。

神の使いにしてジャガーの帝国の帝王――ブラックジャガーの化身である一方、この国を麻薬大国にしている影の帝王――マフィアの後継者。

聖なるものと悪しきものの双方の血と双方の顔をもった男。

(どうして……俺なんだ……彼を制御できるのは)

ブラックジャガーには、幼なじみ、なつかしい兄弟に対するような愛情は抱いている。

けれどそれは恋愛感情とは違う。

そのことは、アルベールにも伝わっている。ジャガーのときに彼を愛していたオーラのようなものが、今はなにも見えず、無色透明らしいので。

（ジャガーのときは神の使い、人間のときは悪魔の後継者……か）

そして神の使いとしての彼を護ることと、悪魔の後継者の彼を制御することが自分の役目だと言われたが。

（俺は……ただパイロットになるのが夢の……ただの平凡な日系人なのに）

そんな朔良のとまどいとは関係なく、淡々と毎日が過ぎていった。

学生寮はそれぞれの科や学年ごとに建物やフロアが分かれているが、アルベールだけは、カリブ海の見える高台の特別棟で一人で暮らしている。

一人といっても、建物のまわりには彼の護衛、中には食事と掃除を担当する使用人が数人。

部屋係として朔良にもきちんと個室が与えられた。

「おまえは、朝夕、私と食事を共にし、私と褥を共にすればいい」

「特別待遇すぎる。発情の種のせいで、他のみんなと寮生活を共にできないのは仕方ないにしても……あなたと一緒だなんて」

「この学校の帝王の側近は、最高の名誉だぞ。それで不満なら、なにをすればいい。ここで自由に過ごしていいんだぞ。買い物がしたければ、おまえのブラックカードも用意した。裏面にサインをしておけ。限度額はない。好きに使えばいい」

「そういう問題ではなくて」

「飛行機の訓練がしたければ、屋上に私専用のヘリがあるし、裏庭には私用の滑走路もある。

どちらでも好きなだけ乗ればいい。整備と給油はいつも完璧な状態になっている」

「それはありがたいけど」

「けど？　ああ、そうか、自分用の飛行機が欲しいのか。ガルフストリームの小型のものなら、一億ドルと少しあれば買える。すぐに持って来させよう」

「一億ドルと少しっ！　アルベール、いいかげんにしてくれ」

朔良は迷惑だと言わんばかりにため息をついた。

「それでは不満か。なら、二人乗りの最新の練習用戦闘機をとりよせよう。マッハで飛ぶのがいい。訓練して、私も乗せてくれ」

「マッハなんて……素人は失神ものだ。だいいち授業で訓練するから、俺専用のものなんて必要ない。俺は贅沢がしたいわけじゃないんだ。もともとスーパーで一ペソでも安いバナナを買うようなせこい男なんだ。だからこういうのはやめて欲しい」

朔良は自分用と渡されたブラックカードを彼に突き返した。

「これは持っておけ。スーパーでバナナを買うときにだって使える。おまえが望むことなら何でもしたい。そう思うのは間違っているか」

「だが、他の生徒と差が」

「気にするな」

気にするなと言われても、気にする。

どうしたものか――と考えたあと、翌日、朔良はひとつ、いいことを思いつき、学校の授業を終えると、邸内の図書室で勉強をしているアルベールのもとにむかった。

「アルベール、どうだろう、それなら金よりも欲しいものがあるんだ」

大きなテーブルで書籍にむきあっていたアルベールは、本を閉じ、隣に立った朔良をじっと見あげた。

「欲しいもの？……わかった、用意しよう。言え」

「あ、ああ、用意というか、その……どうだろう、昔みたいに友達《アミーゴ》として仲良くならないか。夜の相手としてだけでなく、いろんなことを知りたいから」

そうすれば、ブラックジャガーの彼のように親しみを感じられるようになれるのではないかと思って口にしていた。

しかしアルベールは、きょとんとした顔をしたあと、呆れたように吐き捨てた。

「アミーゴ？　なぜ？　おまえは私の妻であって、アミーゴではないのに」

閉じていた本をひらき、視線をむけようとしていたアルベールの肩を朔良は止めた。

「待ってくれ。そこに友達をプラスしてもいいじゃないか」

「すでに、つがいとして、伴侶として、交尾の相手として最も親しい関係になっているのに、アミーゴにまでなる必要などないではないか」

「じゃあ、一緒に勉強しよう。学生同士」

「勉強は誰かと一緒にするものではない。隣で勉強がしたいのなら、その椅子に座って勉強すればいい」

「いや……それでは……空気と同じじゃないか」

「勉強はひとりでするものだ。他人は空気だ。授業中もそう思って教室で座っている」

「別に空気になってまで、一緒に勉強がしたいわけじゃないよ」

やれやれと朔良はため息をついた。

こうして日常を共にするようになると、しみじみ、彼が普通ではないことを実感する。

必要な用件については話をするが、日常会話——たとえば、その日あったことを報告しあったり、映画やテレビの話題、時事ネタ等、そうした話は一切してこない。

こちらがしても、まったく興味がなさそうだし、下手なことを言うと厄介なことになりかねない。

先日もそうだった。

『空軍科の英語の教師の授業、英国出身と聞いていたけど、少し発音にアメリカ南部の訛りがあるんだ。陸軍科のほうは？』と何気なく問いかけた翌日、空軍科の英語教師がクビになってしまった。

あわてて、ちょっとした日常会話として口にしただけだと言ったのだが、アルベールは聞く耳を持たなかった。

『おまえには最高の教育を考えている。南部訛りの発音など言語道断。新しい講師をオックスフォードから呼び寄せる』

そう言って、次の日からは、新しい英語教師がイギリスからやってきた。

そんな感じなので、なにか不満を口にしようものなら大変なことになってしまう。

だが、だからこそ、彼という人物をもっと知りたかったし、彼にもこちらの常識というものを知って欲しかったので、『友達』という関係になりたかったのだが、なかなか会話が成り立たなくて苦労してしまう。

食事のときも殆ど口を利かない。さすがに食事のときくらいは話がしたいと思い、週末、朔良は思い切って最初のシャンパンを自分から彼のグラスに入れ、それを手渡しながら話しかけてみた。

「今日は、映画の話をしないか。何だっけ、この前、パイロットの映画を見たと言ってなかったか。あれ、俺も見ようと思って。タイトルをもう一度」

「ああ、『愛と青春の旅立ち』か」

そのタイトルを傍らに置いたスマートフォンに打ちこみ、あらすじを確認する。

「これ、海軍士官学校が舞台なのか。アルベールは、軍が部隊の映画が好きなのか」

「いや」

「ではどんな映画が」

「私は、婚姻の前、セヴァスからのすすめで、恋愛映画を中心に見た。いい台詞があるから花嫁を口説くときに使えと言われたので、すすめられるまま、幾つか台詞を覚えてみた。残念ながら、英語で見たので、活用していないが」

運ばれてきた前菜のカナッペを手にしながら、アルベールは真面目な顔で言った。

「覚えたって……どんな台詞を？　英語なら少しはわかるから」

「たとえば、こんな台詞を」

アルベールは朔良の手の上に手を重ねた。

「Here's looking at you, kid' Love means never having to say you're sorry' それから Listen to me, mister. You're my knight in shining armor. Don't you forget it. You're going to get back on that horse, and I'm going to be right behind you, holding on tight, and away we're gonna goxy……」

綺麗なクィーンズイングリッシュで紡がれた台詞の数々に、朔良は目元の皮膚がぴくりと張り詰めるのを感じた。

映画『カサブランカ』の有名なラストシーンの台詞だった。日本語にすると『君の瞳に乾杯』という意味になると、両親が言っていたことをふと思いだす。あとは『ある愛の詩』の『愛とは決して後悔しないこと』という言葉である。他のは何の映画かわからないが、往年の名作映画の台詞のようだった。真摯に言うアルベールに朔良は呆気にとられた。

どうしよう。ヤバい。シャンパングラスを持つ手が震えた。あまりのおかしさに。

笑っていいのか、それとも純粋に感動したほうがいいのか。どう反応していいか困る。

「ダメか、こういう台詞はよくないか」

真顔で問いかけられ、あわててかぶりを振る。

「……あ、いや、俺……英語……やっぱりよくわからないよ、ごめん」

いけない、笑ってはいけない。彼は真剣に、まじめに相手を口説くためにその台詞を覚えたのだ。

「では、次はスペイン語で話せるようにしよう」

「あ、ああ、そうだな。そのほうがいいな」

ごまかし笑いを浮かべながら彼から手を離し、朔良は運ばれてきたサラダにフォークを突き刺した。

もうそれ以上会話をする気力がなく、サラダがなくなると、朔良はメインがくる前に、目の前にあったフライドバナナやジャガイモとチーズの揚げ物を次々と口に運んでいった。

その様子をアルベールがじっと見ている。

(何なんだ、この男は……。何かめちゃくちゃだ)

話せば話すほど不可解になっていく。

アルベール・ソレルがもともと変なのか、それともジャガー神ゆえに変なのか。

「まいったな。一体、どんな性格をしてるんだ。わけがわかんないよ」

夕食のあと、身体を鍛えるためにとプールへと泳ぎに行ったアルベールと離れ、リビングのソファでそんなふうに呟いていると、シモン・ロペスという彼の側近が近づいてきた。

混血メスティーソ系の男性で、黒髪、黒い眸、端麗な風貌、浅黒い肌、引き締まったしなやかな体軀をしている。アルベールの話では、シモンは、代々、ジャガーの王家を護ってきた一族出身とか。

「朔良さま、さっきの食卓での会話、立ち聞きしてしまいました。大変おかしいのはわかっていますが、どうか真面目におつきあいしてあげていただけませんか」

「え……」

「アルベールさまのなさるまま従っていただきたいのです」

「アルベールのするままってどうして」

朔良はシモンに問いかけた。

「彼は……本当になにも知らないのです、人間同士の交流について」

シモンはあたりに人がいないのを確認したあと、朔良の足元に跪《ひざまず》き、小声でアルベールのこれまでの人生について教えてくれた。

彼の父親は、この国の影の帝王と呼ばれているマフィアのドン・ソレル。ナポレオン三世時代のフランス系の移民で、先祖は当時の統治者の一人だったとか。

母親は、オメルカ文明の生き残り——ジャガー神の血をひく両性具有のジャガー人間で、男でも女でもなく、現地の言葉で神の意味を持つライミと呼ばれていた。

この世界で圧倒的な力を求めたドン・ソレルは、自分の血をひくジャガー神を産み出そうと、無理やりライミを伴侶とした。

ドン・ソレルに、日夜、犯され、アルベールを宿したライミは、密林に逃げ隠れた。

そして神殿でアルベールを産んだあと、マフィアの血をひく忌まわしい生き物として、まだ赤ん坊のときにジャガー神の祭壇に捧げてしまったのだ。

もともと密林には、生まれたままの赤ん坊をバナナの皮に包み、シロアリに捧げ、精霊に返すという風習のある先住民がいる。

ジャガーの一族はそれとは違うが、人間に変化する前、獣のまま、祭壇に捧げ、コンドルの血肉にして天に戻すという風習があったらしい。

ジャガー神とコンドルの結合のために。

ジャガー神の血をひく者は、親族か、或いは彼が愛した者以外、殺すことはできない。

ライミ以外は、アルベールを殺すことはできない。ライミは自分の手で、悪の根を断ち、コンドルに捧げることでジャガー神の正統な血を守ろうとした。

けれど朔良がそれを止めてしまった。

「俺が……では、俺が助けたから……彼は……」

「そうです、あなたが助けたために、彼はこの世に生きながらえることになり、そのとき、彼のなかであなたへの愛が生まれたため、ライミさまの手ではもう殺すことができなくなってしまったのです」

しかしジャガーの血をひく者として、ジャガーの肉体になったときの成長は早かったが、人間の血をひく者として、人間の身体になったときの成長は遅かった。

そんなアンバランスな生き物を、ライミはもてあましてしまい、アルベールが成人するまで何度も殺そうとした。

だが、アルベールはライミを自身の親とは思わず、朔良を家族と思いこんでいた。

朔良以外、アルベールを殺せないのなら、朔良を殺せばいい。

そう思ったライミはピューマを操り、神殿で朔良を待ち伏せした。

「では……あれは……」

「そうです。ライミさまの暗殺者があなたを襲ったのです。アルベールさまは激怒され、あなたを助けたあと、二度とそのようなことがないよう、ライミさまを神殿の地下に封印してしまった。そして自身は、マフィアのドン・ソレルのもとで、生きていく決意をされたのです。あなたとともに生きていくために」

「俺と生きていくために……」

「そうです。ライミさまは、あなたを暗殺しようとしたとき、ジャガー神の力を悪しきことに利用しようとしたため、結果的に力を失い、地殻変動のとき、地の底に落ちていってしまわれました。今は、地下につながれていらっしゃいます。死ぬこともできず」

「そんな……そんなことって」

「彼らの掟は厳しいのです。誤った方向に力を使おうとしたため、その身に災いが降りかかったのです。アルベールさまがお許しにならないかぎり、永遠につながれたままです」

「アルベールは許そうとしないのか」

「心の底から、彼が許そうとしないかぎりは無理でしょう。彼はずっとずっとあなたのことが好きなんですよ。彼の初恋、ただ一度の恋です。ですから、どうか彼の想いを受け入れてあげてください。そのとき、彼はライミさまを許せると思います」

「受け入れって……彼の望むとおりにしている。けど……俺にはよくわからなくて。彼のなにが普通の人間と違うのかが」

「彼はただ人間とのコミュニケーションの取り方がわかっていないだけです。あの地殻変動のあと、ドン・ソレルのもとで、教育を受けられるようになりましたが、ただ学問を学ばれただけで、人間としては誰とも触れあわれていないのです。なにもご存じないのです。小説や映画の知識ではご存じですが、リアルな世界での触れあいはないのです。ですから、あなたがそれを教えてあげてください」

それを教える……。

そんなにも深い想いをむけられているのが彼からは伝わらないのだが、それは彼が人間とは違うから……と思えばいいのだろうか。

どうすれば、彼のそこまでの想いを実感できるのか。

どうすれば彼と心の交流がもてるのか。

せめてそれがわかれば、自分も彼を愛することができるのではないだろうか。

そんなふうに思いながら、翌日、航空科の授業に出たあと、朔良が邸宅にもどってくると、ちょうどセヴァスがアルベールにこっそりと質問をしていた。

おそらくシモンが進言したのだろう。

「アルベールさま、どうして朔良とコミュニケーションをとろうとなさらないのですか」

「充分とっている。ともに食事をし、交尾をし、添い寝している。それ以上のコミュニケーションをとる必要があるのか」

「恋愛とはそういうものではないと何度も説明したはずです」

「おまえが言うのか。セックス依存症のおまえが」

「ええ、ぼくはセックスが好きなのでそれでいいのです。でもあなたはそうではありません。あなたは、心から朔良を愛しています。なのに、はたから見たら、あなたはちっともそれを彼に伝えていません。このままでは永遠に朔良の愛を感じることはできませんよ。ブラックジャガーのときにむけられていたような愛情……あれが欲しくないですか」

「恋愛をしているわけではない。我々はすでに婚姻しているも同然。恋愛という段階を踏む必要などないではないか」

「でも愛していらっしゃるのですよね」

「ああ」

「そして愛されたいのですよね」

「ああ」

「では、恋人らしいひとときを」

「朔良は恋人ではない。妻だ。妻とは交尾がコミュニケーションではないのか。それをくり返せば愛が育めるのでは？」

交尾……。

もしかすると、彼の言う愛は、自分の思っている愛とは違うのかもしれない。

ふとそう思った。

交尾の相手と愛という意味を彼は勘違いしているのではないだろうか。

ただの肉欲の相手、それでしかない。

初めて接した人間。だから朔良に執着しただけで、彼の気持ちは人間たちが育むような愛とは違う意味ではないのか。

きっと彼は自分を愛しているのではない。そんな気がしてきた。

(でもいい。それなら俺も同じだ。俺だって別にアルベールのことなど好きでも嫌いでもない。ただ命を助けてもらったから一緒にいるだけで)

ブラックジャガーが彼だったとわかったとたん、もう以前のようななつかしさは湧いてこない。今、目の前に現れたとしても、昔のように親しみを感じられるかといえばどうなのかわからない。

しかし内心でそう思うようになったせいか、アルベールと身体を重ねるたび、肉体の快楽とは裏腹に心のなかに淋しさがこみあげてくるようになった。

彼の愛が自分の思っていたものと違ったせいだろうか。これまで反発を覚えていたのに、どういうわけか胸のなかを冷たい風が吹き抜けていくような気がする。

アルベールから愛されたかったわけではないはずなのに、どうしてこんな虚しい気持ちになるのだろう。

どうして……。

(本当に愛が欲しいのは……俺のほうなんだろうか……俺のほうが彼に愛を求めているのではないだろうか)

時折、そんな気持ちになった。

人間と獣だから理解しあえないのだという思いとともに。

そんなふうにして過ごしていることもあり、時々、使用人や警備員のなかには、朔良とアルベールが実は不仲ではないかと勘違いし、彼を倒さないかと声をかけてくる者もいた。

勿論、すぐに断り、朔良はシモンかセヴァスに伝えるようにしている。

素性を調べると、たいていがドン・ソレルと対立するメキシコの麻薬王からの刺客だというのがわかった。

尤も彼らから声をかけられる前に、アルベールが以前に言ったように、彼に対し、敵意を抱いている者から発するオーラのようなものを察知できたので、学内にいるスパイや刺客を朔良は容易に見つけることができた。

彼の浴室にピラニアや人間を内臓から食い尽くす肉食の淡水魚――カンディルがいたこともあったし、寝室のシーツの下に猛毒のヘビ――フェランデスやハラカ、ヤドクガエルが隠されていたこともあった。食事のなかに毒がしこまれていることもたびたびあったが、朔良はそのすべてをすぐに発見することができた。

そのあたりに黒いオーラのようなものを感じるのだ。

シーツの上からでも、浴室の扉の外側からでも。アルベールが危険なときだけはすぐに把握することができ、彼の身を護ることができたのだ。

（これが……俺がジャガー化している証拠のひとつか）

肉体はニンフォマニアのように常に彼との交合を求めている。それもジャガー化している証拠のひとつ。それゆえに人間とは違う、妙な能力も手に入れてしまったのか。

「……今朝、陸軍科の門のところにいた警備員、あれは刺客だ。気をつけてくれ」

不審者に気づくと、いつものようにシモンに伝えにいく。

「ご苦労さまです。すばらしいですね、アルベールさまは、ご自身にむけられる感情を見ることはできますが、ご自身の危険を察知することはできません。あなたのおかげで本当に助かっています」

「俺が現れるまでは……彼はどうしていたんだ」

「刺客から何度となく殺されかかっていますよ。あなた以外、誰も彼を殺すことはできませんが……彼を弱らせることはできますから」

「弱らせるというのは」

「毒を飲めば、何日も起きあがれなくなりますし、勿論、刺されたら、傷の痛みも感じられます。あなたも最初に会ったとき、彼を助けたのではなかったのですか」

そうだった。大けがをしていた。

「ただ命が尽きない、それだけです。ジャガー神なので」

「……じゃあ、俺が死んだら？　俺のほうが寿命が短いだろう？」

「あなたが死んだら……彼はひとりぼっちになります。生涯、あなた以外、愛さない、伴侶はあなただけと誓っていますので、あなたの身になにかありましたら、彼は永遠にひとりで生きていくことになります。最終的に自死することは可能ですが、それに耐えられないと思っても、次のジャガー神が生まれるまで、彼は自ら死ぬことは許されません」

「次のジャガー神は……いつ生まれるんだ」

「あなたとアルベールさまの間に……生まれればそれが理想ですが……アルベールさまは、子供を望んでいません。そのまま滅びるおつもりでしょう」

「自ら死ぬことはできないのに、滅びることはできるのか」

「もう……滅びる寸前なんですよ。昔はたくさんいたのに、今では人間に変身できるジャガー神はめったに生まれなくなりました。彼らの命を育む密林がなくなり、地殻変動で、神殿跡が陥没した今、もうアルベールさまとライミさまが亡くなられたら、ジャガー神の種は消えてしまうでしょう」

「そんな……」

「ですが、後継者がいない以上、彼らは自死できないので、寿命があるかぎりは生き続けなければなりません」

「寿命て……」

「ライミさまは、オメルカ文明の生き残りですから……おそらくもう五百年は生きていらっしゃるでしょう」

「五百年……っ」

それでも寿命が尽きないということか。そんな人生……想像もつかない。

(だからアルベールは人間としての感情がないのだろうか)

そんなにも長い間、ふつうの人間の意識なら生きていくことは難しいだろう。だが、例えば、感情に愚鈍な者なら、それは可能かもしれない。

だからこそ、彼は人間的な感情を持たないのか。

そんなふうに思いながら、心が通わないままアルベールのもとで暮らして数カ月が過ぎ、カルタヘナの独立記念祭にむけての、学校あげての祭の日が近づいていた。

「――朔良、独立記念祭の航空ショーのメンバーに加わったというのは本当か」

しばらくして学校から帰ると、アルベールが問いかけてきた。

「あ、ああ。戦闘機での単独のショーの担当を任された」

「やめたほうがいい。危険だ」

「俺の腕は士官学校でナンバーワンだ。最新鋭の戦闘機に乗ってショーができるパイロットとしては……俺が最適だが」

「それはわかっている。だが、戦闘機でのショーは事故も多い。今年からやめさせようと考えている」

「士官学校の威信にかけて、カリブ海諸国からやってくるお歴々を前に、我が国の軍隊の素晴らしさを教えるいいチャンスだと言ってなかったか」

「しかし命の危険を伴うことはしたくない」

アルベールは不安そうに言った。

いつもは自信に満ちあふれた彼の、意外なほど心細そうにしている態度に、反対に彼を安心させないとという気持ちになってくる。

「大丈夫だって。そんなくらいで俺は死なないから」

ポンと彼の肩を叩くと、アルベールが朔良の肩を抱き寄せ、愛しげに頬にくちづけしてくる。その吐息をいつしか恋しく感じるようになっていた。

いつも漂ってくペーラ・マンテキージャの甘い匂いに、劣情よりも胸の底のほうが甘く切なくなってくる。

自分のため、人間として生きることを決めた男。マフィアの後継者になったのもなにもかも、自分のため。

そう思うと、彼の想いを全身で受け止めるべきではないのかと思う反面、そこまでの重荷を背負う勇気が持てない。そこまで彼を大きな愛で包みこめるのかどうか。

「アルベール、どこでもいい、どこか泉のような場所に行かないか。密林のようなところであなたと水浴がしたい」

今から、あの神殿に行くことはできないが、似たような場所でジャガーの姿になった彼とすごしてみたいと思った。そうすれば、なにか自分のなかの感情が変わるような気がするのだ。

「今から？」

「そう、ジャガーの姿になって。俺を連れていってくれ」

「めずらしいな、おまえからそのようなことを言い出すとは」

アルベールは楽しそうにジャガーの姿になり、その背に朔良を乗せた。

月がのぼり、学校中が寝静まった時間帯になっている。

青白い月の明かりに古いカルタヘナの街の白壁が浮かびあがり、海からの波音だけが聞こえてくるなか、ジャガーの姿になったアルベールが屋根から屋根、そしてビルからビルへと移動していく。

こんもりとしたタマリンドの木々に囲まれた野外ダンスホールでは、赤や青といった原色に塗られたテーブルや椅子が並べられ、楽団が演奏する音楽に乗って楽しそうに若者たちがサルサを踊っている。

ヨーロッパとアフリカが入り交じった不思議な街カルタヘナ。

山中から流れてくるマグダレーナ河の灰色の川原を内陸へと進み、ブラックジャガーは人けのない林のなかへと入っていった。

そこにはかつて修道院が建てられていたらしく、崩れかかった建物を通り抜けると、棕櫚《しゅろ》の木々や真紅の花を咲かせた火焔樹《かえんじゅ》の森になっていた。

その中央に、シンと冷えた空気が漂う一角があり、こんこんと湧き出る泉が広がっていて、その脇に噴水があった。

かつては飲み水として利用されていたのだろう、透明な澄んだ水が今もとめどなく流れ出ている。

「綺麗な水だ。ここで水浴びをしよう。昔みたいに」

すべての衣類を脱いだあと、ジャガーの彼の手をとって、一緒に泉へと入っていく。浅瀬に横たわる彼の身体に水をかけながら、その首筋にもたれかかる。

「こういう時間をもっと作っていかないか」

朔良はジャガーの額を撫でながら囁きかけた。

「こういう時間?」

「そう、愛妻にすると言ったじゃないか。今のままだと全然愛妻になってない」

朔良の言葉に、ブラックジャガーが眉をひそめる。

「アルベール、交尾をするだけが愛じゃないんだ。毎日、たくさん映画を観ているのは知ってるけど、そのことに気づかないか?」

「だが……どの映画でもたいてい結婚までに愛を育んでいる。もう我々は婚姻したも同然だ。映画のなかで、その後の愛を描いたものはない」

アルベールの言葉に、確かにそうだと思った。

あまりたくさん映画やドラマを観てはいないが、確かに、彼が参考にできそうな、そのようなものを思いつかない。

「私は映画を観て気づいた。たいてい結婚したあとは、みんな、愛を失っていく。結婚をすると愛はなくなるものなのか。そしてたいてい不倫をするようになる。昨日観た映画もそうだった」

「違うよ、ただ映画ではそういうのを描いたほうがおもしろいからだ。別に必ず愛を失うわけじゃない。それより……なにか共感する映画はあった？　もしそういうのがあったら俺も観たいと思うんだけど」

「共感？」

「この主人公の気持ちがわかる――という気持ちになった物語があるかどうかだよ」

「特には。どれも他人の恋愛だ」

「……まあ、そうだけど」

本当に彼には情緒がないのだろうか。ジャガーだから、愛というものがわからないのか。

そう思ったとき、ふと彼が言った。

「だが……不思議に思うものがあった。どうして……愛する者を手放す男がいるのか」

「……たとえば」

「あの『カサブランカ』という映画……最後のシーンで、男は愛する女を別の男に託してわかれる。それから『ひまわり』も、女は愛する男を諦めた、あと『ニュー・シネマ・パラダイス』では、人生はうまくいかないと言っていた……あれも愛する彼女とうまくいかなかった。そんなにも愛を貫くのは難しいことなのか」

「納得がいかなかったところは？」

さすがにそのあたりの映画なら自分でも知っている。

セヴァスは、ずいぶんと古い映画を彼に見せているらしい。そのほうが素朴でわかりやすいからだろう。

「どうして諦めることができるのか。諦められるのは愛が足りないからだ。愛しているなら手に入れる。そのためにどんな努力も惜しまない。それが愛ではないのか」

問いかけてくるジャガー。朔良は愛しさを感じ、水に浸かったまま、ジャガーの両ほほに手を当て、そこにくちづけをした。

「手に入れられないこともあるんだよ。愛が足りないわけではなく、愛が深いからこそ、相手を愛しているからこそ諦め、相手の幸せを願うんだ。そんな愛もあるんだ」

「そんな愛……私にはわからない」

ジャガーは不思議そうに小首をかしげた。

「それを少しずつ俺と育んでいかないか」

愛妻として朔良にいろんなことを教えたいと言っていたのに、セックス以外に教えることがわからない彼。それなら、一緒に育んでいくしかない。それ以外の愛情があるということに、彼が気づくまで。

「俺の知っている愛の形……それをきみにも知って欲しいんだ。一緒に育みたい」

祈るような言葉にブラックジャガーはぼそりと尋ねてきた。

「それは私を愛している……ということなのか」

「相手を大切に思う気持ちを愛というなら、俺はきみを愛している」

教育、いや、躾《しつけ》というべきか。いろんなことを教えていかなければ。

なにもかも手に入れていながら、人間としての感情を手にしていない獣。

本当は愛が欲しくてしょうがないくせに、愛の意味がよくわかっていない。

彼はまだあの祭壇に捧げられたときから、愛というものの情操教育がされていないのだと改めて実感するうちに、性愛を超えた愛しさのようなものを感じるようになっている。

「俺のまわりの色彩……今はどんなふうに見えている？　愛を感じる？」

彼の膨大な寿命。自分が死んだあと、彼が長い時間をどうやって生きていくかわからない。

愚鈍なまま、感情を持たないまま、生きていけるのならそれでもいい。

でも、違うような気がしている。彼は感情がないわけではない。だからきっと長い時間に耐えられなくなってしまうと思う。

(俺が……死んだあと、彼が誰かをまた愛せるように。誰かといろんな関係を育めるように。それが……俺にできることじゃないだろうか)

朔良はブラックジャガーの姿になったときだけは愛を感じる」

「ジャガーの姿になったときだけは愛を感じる」

「でも、俺は……人間のアルベールにも、少しずつ愛しさを感じるようになっている。それには気づかないのか」

「まだおまえのまわりは無色透明のままだ」

「それは残念だ。俺はもうだいぶアルベールを好きになっているのに。だから一緒に……たくさんこういう時間を過ごしたい。もっともっとたくさん」

「おまえは……こういう時間が好きなのか」

「めちゃくちゃ好きだ。こうしてあなたといちゃいちゃしていたい。いっぱい密着して、いろんな話をして、いろんなことを一緒に覚えていきたい。それが夫婦としてのコミュニケーションにつながるから」

「夫婦としての？」

「そう、映画と違って、こういう時間を重ねることで、ちゃんと愛情というものは育んでいけるものだから」

そう言って、黒い毛を撫でながらくちづけすると、彼が狂おしそうに朔良の頬や首筋を舐めてきた。喉の奥からゴロゴロという音が聞こえてくる。それでとても愛らしい。

そして気づいた。なにかしないのか——と、彼から働きかけてくることを望んでも、なにも知らないので彼からは提案できないのだ。

だとしたら、これからはこうして自分からどんどん働きかけよう、と。


それからしばらくの間、士官学校で行われる独立記念祭のための忙しい日々が続いた。デモンストレーションのための、戦闘機での訓練。あとは進級試験にむけての勉強。

その間に、アルベールは邸宅の改築をしていた。なにか急に思いついたことがあるらしく、邸内に手を加えていた。

「朔良、完成したぞ。地下室を見てみろ」

声をかけられ、彼に誘われるまま地下室に行くと、カリブ海が一望できる場所にアラブ風のハマームが造られていた。

「どうしたんだ、これは」

「おまえが水のなかでいちゃいちゃするのが好きだと言ったので、ここに造ってみた。冷たい水よりもあたたかい湯のほうがいいだろう」

「え……」

「ああいうのが好きだと言ったではないか。だからおまえのために造った」

さも自慢げに言うアルベールの言葉に、朔良は絶句した。

「あの……ああ……確かに言ったけど」

まさか。そのためにこれを？

「愛情を育むために、夫婦としてのコミュニケーションが必要だと言ったのは誰だ」

「俺だけど」

「なら、ここでこれからコミュニケーションを育めばいい」

やはりまだ子供だと思った。

朔良の言った言葉を、そのままストレートにとらえている。

やれやれと思いながらも、そうしたところを知れば知るほど、最初の印象が変わり、どんどん彼が愛しく思えてくる。彼は無垢なのだ。本当になにも知らないのだ。

「今……俺……どんな色してる？」

「無色透明だ。おまえはなにをしたら、愛を感じさせるようになるんだ」

最近、こういうとき、彼が少し淋しそうにしていることに気づいた。その横顔にきゅんと胸の奥が甘く疼くのだが、それでもまだ無色透明のままなのだろうか。

「好きだよ、俺はアルベールのことが。だから一緒に入ろう」

「ウソをつくな。おまえの身体からは愛を感じない」

「どうして感じないのか、その理由がわからない。でも、俺はアルベールとここに入りたい。それではだめか？」

顔をのぞきこみ、その眼帯をとる。一瞬、彼の身体から耳と尻尾が見えた。耳の付け根に触れようとすると、しかしすぐに消えてしまったが。

「残念、もっと長く猫耳のあなたと一緒にいたいのに」

「おまえは、人間の私よりも猫耳の私がいいのか」

「だってかわいいじゃないか。むぎゅっとしたくなる」

「かわいい？　おまえにむぎゅっとされてたまるか。私がおまえをむぎゅっとしたいのに」

朔良から衣服を脱がし、後ろからアルベールが抱きついてきた。

「アルベール……っ」

ぐいと腕をひきつかまれ、彼はハマームの浴槽ではなく、その手前にあるシャワーブースのなかに朔良を押しこんだ。

「その前に、ここでおまえをかわいがりたい。あちこちから湯が出るようになっている。最新式のものをヨーロッパからとりよせた。試してみよう」

頭上からも横からもいろんな角度から湯が出てきて、ふたりを濡らしていく。

窓の外にカリブ海が見える。

見晴らしのいい大きな浴室のなかに造られた、すり硝子で囲まれたシャワーブース。狭い空間に閉じこめられていると思うと、どういうわけかいつもより身体が熱くなった。

「ん……っ」

横からストレートにかかってくるミストのような湯に調節し、アルベールは壁にかけていたバニラの香りのするボディソープを手ですくい、朔良の身体にこすりつけてきた。

狭いブースのなかにたちまち湯気がこもり、彼から漂う洋梨とソープのバニラの甘い香りが入り交じり、それだけで息苦しくなってくる。

「朔良……」

泡で乳首を弄びながら、背中にまわされていた手で後頭部を固定され、アルベールが唇を吸ってくる。

「ん……っ……ん…」

舌で唇をこじ開けられ、根元から舌を絡みとられ、乳首を弄られていく。

もう何度、こんなことをしているだろう。発情の種のせいなのか何なのかわからないが、すぐに発情してしまって、一回ごとに、肉体が快楽に弱くなっていっている気がする。

先走りの蜜の量もどんどん増え、乳首は完全な性感帯になってしまった。

この関係をいつまで続けていけるのかわからない。できれば長く彼といたい。そう思ったとき、ふと思わぬことを朔良は口にしていた。

「赤ちゃん……欲しくないか」

胸に触れていたアルベールの手の動きが止まる。さらさらとミストのようにシャワーの湯が落ちてくるなか、濡れた前髪の隙間からアルベールはじっと朔良を見つめた。

「おまえは……欲しいのか」

「わからない……でも……ジャガー神の後継者は……必要じゃないのか」

囁くように言うと、ふっと彼が苦笑し、泡立ったソープを手に絡めながら爪の先で乳首の先端を弾いた。カッと甘美な熱が奔り、朔良は甘い声をあげた。

「あ……あ……っあ……っ」

胸の粒が尖り、泡の間から乳首の先端が顔を出す。

それを彼は舌先で嬲り始めた。甘ったるい匂いのたちこめる狭くて熱い場所で、濡れた身体を密着させながら乳首を嬲られると、知らず知らず体温があがって感じてしまう。

「必要ない、後継者など」

「でも……」

「だまってろ、余計なことを言うと、このまま放置しておくぞ」

「や……それは……」

困る。放置されてしまうと、身体がどうしようもなくなって、狂ったように自慰をしてしまうしかなくなる。感じたくて、欲しくて、困った事態になってしまうのだ。

「なら、無駄なことは考えるな」

いつになく尊大に吐き捨てると、朔良の足を持ちあげ、体重をかけてくる。立ったまま、背中から硝子に身体を押しつけられ、朔良は身体を支えようと硝子に手をついた。

そんな朔良をさらに追いこむように、アルベールが足をかかえたまま勢いよく下肢を押しつけてきた。

「……っ」

そのまま一気に下から突きあげられる。いつもならもっと乳首を触ったり、性器を口で弄んだりしてくるのに、今日は性急だった。

めずらしく痛みを伴う挿入だった。ぐいっと根元まで一気に押しこまれ、痛みと摩擦熱に思わず朔良はのけぞりそうになった。

「ああ……っ……っ」

だが硝子に頭が当たってのけぞれない。体勢が崩れそうになり、朔良は苦しい息を吐きながら、首筋に顔を埋めてくるアルベールの頭にしがみついた。

そのまま腿を持ちあげ、なにかこらえきれないものをぶつけるように、ぐいぐいとアルベールが腰を突きあげてくる。

「ああ……く……っ……ん……あっ……あぁっ」

ゆさゆさと下から突かれるたび、背中がずるりと硝子ブースを滑っていく。後ろに逃げ場のない空間で、これまでにないほどの激しさで腰をぶつけ、ぐいぐいと押しあげられてくる。内臓を圧迫される苦しさに息ができない。こんな抜き差しは初めてだ。

「く……っ……苦し……これ以上は……もう……駄目だ……っ」

「おまえがつまらないことを言うからだ」

アルベールの肉塊が体内でさらに膨張していく。

「……この獣……くっ……っ」

「ああ、獣だ。ジャガーだからな」

「ん……ふ……っ……」

「いいな、二度と子供が欲しいなんて言うな。俺は……他の誰とも交尾をしない……生涯おまえだけだ……」

その言葉に、胸が突かれた。

違うのに、欲しいのは、自分とアルベールの子供なのに……と思ったそのとき、朔良から湧きでる愛情に気づいたのか、一瞬、アルベールが動きを止める。

「……っ」

苦し紛れに目を開けると、綺麗な碧と金色の目がじっと朔良を見つめていた。

「……」

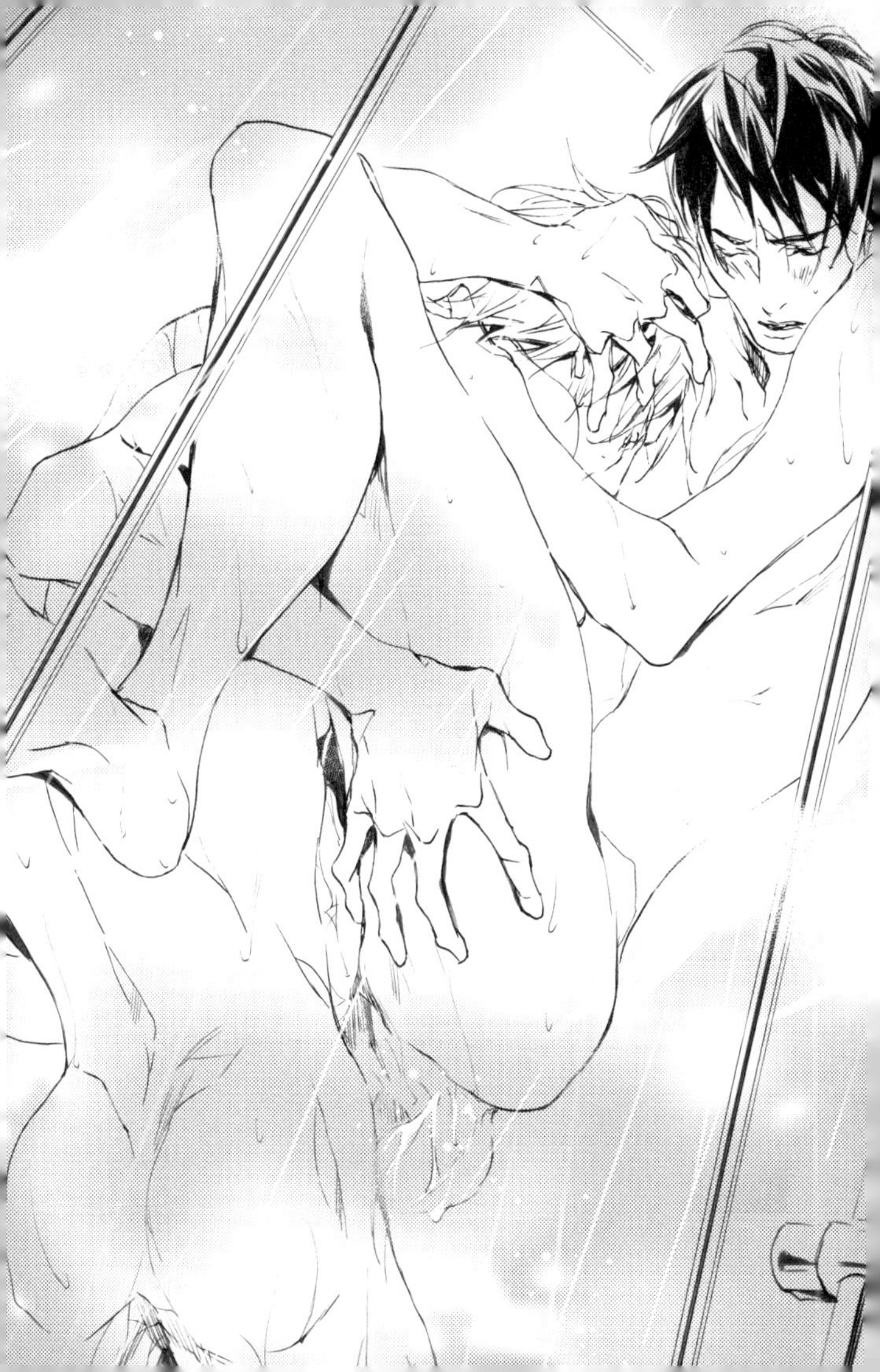

なにか信じられないものでも見るような眼差し。愛が伝わったのか？　その美しい目の艶やかな光を見つめているうちに、いっそう愛しさを感じ、朔良は彼の唇に自分からキスをした。

「欲しいのは……ふたりの子供だよ……でもいらないなら……それでいい」

ちゅっと音を立ててそんなふうに囁くと、体内にいる彼が膨張し、腹に感じる圧迫感がいっそう激しくなった。しかしそれは心地よい快感を伴うものだった。

「ありがとう……」

彼が耳元で囁く。うなずきながら、朔良は甘い声をあげ続けた。

狭い空間のなか、甘い香りと泡にまみれながら。

7　楽園の意味

少しずつアルベールとの心が通じあっている。

そんなふうに感じる一方、学校には独立記念祭を前に楽しそうな浮ついた空気が漂うようになっていた。

「独立記念祭は、陸海空軍一体となってやるのだが、そのときだけは家族や恋人を招待できる。楽しみだな」

ホセは独立記念祭のときにメデジンにいる家族や彼女を呼ぶと言って張り切っていた。

「陸海空軍と一体か。ふだんはなかなか一緒にならないからな」

「ああ、でも新しい国際法の授業ではゼミ形式で一緒にやっていくみたいだ」

「そうなんだ」

陸軍科に所属するアルベールと空軍科に所属する朔良では、朝の食事の時間と夕飯までの間、殆ど、授業の内容が違い、学内でもまったく別の学舎で勉強することになっている。

メデジンの航空学校で単位をとった教科は免除されるため、あとは飛行機の航空時間の積み上げや航空理論、といった航空学校で単位を取得中の科目と、士官学校ならではの軍人としての訓練が行われた。

銃や武道、戦闘機の使い方等の実質的な訓練の他、空軍の歴史、イデオロギー、それから対テロ対策の勉強もしなければならなかった。

こうしていると、ここがこの国を支配していく国家エリートを養成するための機関だというのがわかる。

それゆえ国際法や国際情勢といったカリキュラムも組まれ、それは陸海空が別々ではなく、全員をミックスさせ、成績ごとに分かれたゼミナール形式で、それぞれが自分たちの意見を出し合い、ディスカッションできるような形になっていた。

そのゼミで、航空科の成績優秀者として、朔良はアルベールと同じトップクラスのメンバーに加わることになった。

第一ゼミといわれるそのゼミの教授には、ハーバードで教鞭をとっていた国際法学者が就くことになり、陸海空、それぞれの科から上位成績二名ずつが選ばれ、合計六名のゼミになっていた。

「あの日系の編入生が上位二名の一人だなんて、アルベールさまのお気に入りだからじゃないのか」

空軍科のなかにはそんな陰口をたたく者もいた。

しかし同じ学校から編入したリッカルドやホセが言い返してくれた。

「朔良は、飛行技術が一位だからな。当然じゃないのか。ここにきてまだ少ししか経っていないけど、朔良が一番じゃないか」

「そうそう、今度の戦闘機の航空ショーも一番活躍すると思うよ」

「朔良は真面目だからな。まあ、だから成績がいいんだろうけど」

学生たちと話をしながらゼミの行われる学舎へとむかう。

春らしいさわやかな風がキャンパスを駆け抜けていく。

広々とした校内。上空には目が覚めそうなほどの青空が広がっている。

まばゆい陽の光が遠くの芝生の上に並べられた航空機に降り注ぎ、白い機体がきらきらと光を反射させている。

ゼミ室に行くと、すでにアルベールと教授がテーブルにつき、国際的な条約についてディスカッションしていた。

「この国際的な課題についてですが、モントリオール条約発効後の課題、この議定書の内容について、教授はどう思われますか」

タブレットを起動させ、アルベールが質問をしているところだった。

だが、朔良たちがやってきたので、「続きはまた」と教授がうながし、残りの生徒を円形のテーブルに座らせた。

「朔良はここに」

アルベールがくいと自分の横の椅子をひく。

「あ、ああ、ありがとう」

隣に座ると、課題についてのレジュメを渡される。

無差別テロを規制するためのテロの定義——と記されたレジュメだった。

「ようこそ。今日から新たに第一ゼミとして、この六人で週に一度授業を行うことになった。私は第一回目を担当させて頂くが、国際法とはなにかというスタンダードなことを学んでもらうために呼ばれただけで、次回からは別の講師が担当する」

そうだった。一回目だけの特別講師ということになっている。

「今日は、将来の陸海空軍の士官となり、国家を背負っていくきみたちとともにテロ対策について真摯に考察していきたいと考えている」

会話はすべて英語で行われる。公用語のスペイン語ではない。英語ができることが大前提になっていた。

「この国はマフィアや左翼ゲリラ等、いまだに先進国の一員になるのにほど遠い現状ではあるが、欧米同様に、いつ無差別テロの標的になるかわからない。この国の左翼ゲリラたちへの対処方法に加え、新たに今期から無差別テロに対する法整備の在り方について、それぞれの意見を聞きたいんだ」

教授はそう言ったあと、まず一人一人に自己紹介させ、それぞれの意識がどういう方向にむいているのかを問いかけてきた。

「朔良、無差別テロとはどういう定義のものなのか、国家は軍隊を使って抑圧すべきなのかどうか、率直なきみの意見を聞かせてくれ」

「は、はい」

どういうものか。と問われても、国際的にテロという定義はまだ曖昧《あいまい》なままだ。

それらしきものに対し、すべて「テロ」という言葉を使っているだけで。

(無差別テロ……。マフィアもそうなんじゃないんだろうか)

朔良は小さく息をつき、口をひらいた。

「まだ俺にはよくわからない部分が多いです。ただ、そうした暴力に対し、国家は岐路に立たされていると思います。軍事力や監視体制といったハード面を強化するべきなのか、或いは、民主主義の理念を守りながら、法律や条例などを遵守するための軍事力を保つ理性を失わないようにするのか」

「では、そのことに対し、アルベールの意見を聞かせてくれ」

教授の言葉に、朔良はちらりと横に座るアルベールに視線をむけた。

どう答えるのだろう。

マフィアの息子としての立場からか、それとも神の使いとしての立場からか。

「そうですね、ハード面を強化し、テロリストや犯罪者を力でねじ伏せるのは最もたやすい方法だと思います。今の我が国ではこちらで対応するしかないでしょう。でもそれでは負の連鎖は続いてしまいます。私は、今後、我が国は、朔良の言う後者——民主主義の理念を守りながら、法と条例によって対応していく法治国家となっていくべきと考えています」

　想像以上のまっすぐな意見だった。

　ふだんのように人間的な感情のないところはそのままだったが、とてもマフィアの後継者とは思えない発言だ。

「将来を期待され、この学校で学んでいる身としては、テロや犯罪への憎しみによって、人々が理性を忘れ、感情で行動するようなことがないよう、国家を担っていく人間として必要な理性と法的な知識を磨いていくべきと考えています」

　アルベールの言葉に、他の学生たちが小声で囁く。

「さすがアルベールさまだ」

「当然だ、彼はそれを実現するため、この学校を買い取られたのだから」

「この学校が彼のエルドラド……楽園だという話だからな」

　この学校を？

　ここがエルドラド？　どういう意味だ。

　小首をかしげた朔良の腿の上に、アルベールは手を置いた。

「……っ」

そのまま股間に伸びてきた手に眉をひそめた朔良に、アルベールは艶やかに微笑して、そっと耳うちする。

「ここは私の理想の場だ」

理想——？

めずらしく話しかけられ、朔良はとまどいながらアルベールを見た。

「ここに楽園を造る。おまえとふたりで造っていきたい」

ぎゅっと朔良の性器をズボンの上からにぎったあと手を離し、アルベールは何食わぬ顔で授業を続けた。

彼の理想？　彼がどういう人間か理解？

そのことについて深く考えたかったが、授業があまりにも楽しく、あまりにも充実していたのでその余裕はなかった。

これまで経験したことのない授業形態だった。

だが、これはとても大事なことだと思いながら、朔良は真剣に教授の言葉や学友たちの言葉に耳を傾けた。

「——では、しっかりと勉強していってくれ。次の講師はスタンフォード大学で経済と文化について教鞭をとっている男性だ」

教授がそう言って部屋から出ていったあと、アルベールはそこにいる朔良を含めた五人に視線をむけた。

「ここにいる者は、各科の成績上位者ということになっているが、成績だけで選んだのではなく、その精神面を重視して集めた」

「では、アルベールさまが我々を？」

海軍のバッジをつけた生徒が問いかける。

「そう、私の理想を実現するために。今回の教授の次は、スタンフォードから招いた教授だ。きみたちは、今後、私の理想のため、役に立って欲しい」

アルベールはなにを考えているのか。なにを理想としているのか。

（俺がいた航空大学校だけでなく、ここまで買い取ったらしいし、なにか相当大きな目的があるのはわかるが、果たしてそれは何なのか）

神の使いとしての彼が見ている目的なのか。それとも悪魔としての彼が見ているものなのか。

「朔良、このあとの授業は？」

またアルベールが声をかけてきた。

「いや、今日はこれで終わりだ」

どうしたのだろう、こんなことを彼が訊くのは初めてだ。

「まだクラブに入っていないのだったな。なら、射撃部に入れ」

こういうところはいつもと同じように尊大な命令口調であるが。

「……そんな勝手に」

「私のそばにいる以上、射撃の技術を磨け。誰にも負けないくらい。そうなればオリンピックに推薦してもいい。息子が金メダルに輝く姿を見たら、おまえの両親が喜ぶぞ」

いつになく饒舌《じょうぜつ》で、いつになくラテンの人間ぽい。

「冗談はやめてくれ。俺は飛行機の専門バカで、射撃なんて」

苦笑した朔良の肩をつかみ、アルベールは真摯な眼差しで見下ろしてきた。

こうして二人並ぶと、彼のほうが五、六センチほど背が高い。朔良も百七十五センチの長身なのだが、彼は百八十以上あるだろうか。

「必要になってくる。私のために。だから……」

「必要って……」

それは護衛をしろということなのか。

だが神の使いでもあり悪魔でもあり、特殊な力を持っている彼に、どうして護衛が必要になってくるのか。

「別に……私を護れと言っているのではない。そもそもおまえごときに護られなければならないほど私は弱い男ではない。私は死ぬことはないのだから。心配なのはおまえのほうだ」

「え……」

「おまえ以外、私を殺すことはできない。もちろんカンディルや毒ヘビによって私を弱らせることは可能だが、敵の狙いは、私を弱らせている間におまえを倒すことだ。そうなれば、私を制御できなくなる。私の悪の力が私自身を蝕《むしば》む」

「アルベール……」

「護れるかぎりは守る。だが、少しでも自分自身を護れるようにして欲しい。おまえ自身のために必要なときがくるかもしれないから」

「俺？」

「私がそばにいて、ジャガーになれるのなら幾らでも助けてやる。だがそうではないときもある。そのとき、もしものことがあったら」

「では、あなたのためじゃなく、自分のために腕を磨けってことじゃないか」

「私のためというのは、私がおまえを失いたくないからだ。この世でただひとり、愛している人間だからな」

「必要だって言うなら、射撃の訓練をする。どのみち俺だってもうイヤだからな。ペピートにやられたときのようなことは」

朔良はアルベールとともに射撃部の活動場所にむかった。

アルベールが現れると、そこにいた生徒たちが姿を消す。当然のように。

「どうして」

「ここの決まりだ。私のそばで、射撃や剣の稽古はしない。万が一、私の命が狙われることがあってはいけないので」

「いつもそうなのか」

「ああ。私は死ぬことはないが、深手を負わせることは可能だからな。そういうことを避けるため、射撃の訓練はいつも人払いをしている。それ以外のこともたいていひとりだ」

ああ、この人は本当にそういう人生を歩んできたのだと思うと切なさに胸が軋んだ。

ひとりぼっち。そして朔良がいなくなったあともひとりぼっちになるのだ。

こちらのそんな気持ちに気づいているのかどうかわからないが、イヤープロテクターをつけ、眼帯をとって専用の黒いグラスをかけると、白手袋から黒手袋に変え、アルベールは無造作に銃を放った。

射撃訓練用の標的に照準をあわせて、数発続けて。すべてど真ん中に命中していた。

その素晴らしい腕に感激しながらも、眼帯をとったアルベールから、猫耳と尻尾が出てこないか心のなかで少し期待しながら彼の姿を見ていた。

「おまえもやってみろ」

ふりむき、朔良に指示する。

「どうした、変な顔をして。射撃の経験くらいあるだろう」

期待の目を向けていたため、うっかりにやついた顔をしていたらしい。朔良はとっさに顔をひきしめた。

「早く」

「あ、ああ、でもあまり経験ないから」

「おまえならできる。集中して、飛行機を操縦しているときのように」

上着を脱ぎ、革製の手袋をつけ、イヤープロテクターとグラスをつける。

飛行機のときのように集中して。

その言葉通り、朔良は標的に意識を集中した。

標的についた印にむかって銃弾を放つ。

「……」

指から腕へと重い衝撃が伝わった。

次の瞬間、硝煙がたちこめる。

彼に言われたとおりに撃つと、すべて真ん中の円の中心を撃ち抜くことができた。

「いい腕をしている。そうだ、飛行機を操縦するときと同じだ。おまえの集中力なら学院一の射撃の腕になるだろう」

「あなた以上に?」

「一緒にオリンピックに出るか?」

「断る」

「どうして」

「パイロットになる時間が遅れる」

朔良の言葉に、アルベールはふっと口元に艶やかな笑みを浮かべた。

「いいな、おまえらしい。明確で、迷いがない」

誉められると、本当にどうしていいかわからなくなる。

自分の気持ちがまだ定まらないからだ。

「別に……ただ単純なだけだ」

「そういうところが好きだ。めちゃくちゃかわいい」

楽しそうに言うと、後ろからはがい締めにするように抱きつき、アルベールは音を立てて頬にキスしてきた。

「ちょ……ここは学校だぞ」

「誰もいない。私とおまえだけだ。本当に真面目でおもしろい男だな。両親に先祖がえりしたと言われるだけあって……」

「何でそのことまで知って……」

振り返り、朔良は眉をひそめた。

「おまえのことなら何でも知りたい。だから調べた」

当然のようにかえされ、小さく息をつくと、朔良はもう一度彼に背をむけ、手袋をとってポンと投げ捨てた。

「なにを怒ってる」

すたすたと歩き始めた朔良をアルベールが追ってくる。

「別に……」

「ウソだ、不機嫌な顔をしている。おまえがそうして眉根を寄せ、うつむき加減にしているときはなにかに不満があるときだ」

その言葉に朔良は足を止めた。

「そういうのがイヤなんだ」

アルベールを見あげ、朔良は強気で返した。

「イヤ？」

「俺のことを……俺以上に知ってる」

「いけないことなのか。知りたいものを知りたいと思って調べたのに」

「俺はあなたのことを知らない」

「なら、おまえも私を知ればいい。何でも教えてやる」

「待て、何でもって」

「私と対等な関係でいたいのだろう。男同士の恋愛はそうでなくてはならないと、この前、観た映画の登場人物が話していた」

「また映画か」

「おまえは、友達になりたいと言った。だが、今から友達になるのはイヤだ。それなら恋愛というものをしてみてもいいと思った。おまえは、私とふつうの恋愛がしたいわけだな」

「待て、そういう意味では……」

「確かに……おまえの気持ちはわからなくもない。私だってなにもかもが初めてだからな」

「え……」

「恋愛も交尾も、人と気持ちを通わすことも」

「まさか……交尾もって」

「すべておまえが初めての相手だ。この前も言っただろう、生涯、おまえだけだと」

「ウソだ、何でもよく知っていたじゃないか」

「動物としての本能だ。ジャガーのオスの血が私を勝手に衝き動かした。私は生涯ただ一人、本当に愛した相手以外とは交尾はしない。そう決めていた」

交尾という言い方に、少しふつうの人間とのズレを感じはしたが、朔良は拍子抜けしたような気持ちになった。

(知らなかったなんて……。深窓の令嬢、修道院育ちの姫か……この男は)

呆れたように感じながら、このとき、以前にシモンが言っていた言葉の意味がわかってきた。

朔良から彼に愛を教えて欲しい。人間らしさを教えてあげて欲しい。

彼は両親からの愛情も受けていないのだから——と。


やがて独立記念祭の準備のため、学校が一週間休みになった。

ちょうど祭が始まったばかりのカルタヘナに、観光がてら遊びに行こうというリッカルドやホセたちからの誘いを断り、朔良は一人で港の見える高台の公園にきていた。

『アルベールさまのお気に入りになったとたん、冷たいんだな』

ホセががっかりしたように言っていたが、一緒に呑みに行ったところで、これまでのように楽しく昔の仲間たちと遊べるとは思えなかったのだ。

まばゆい太陽に目を細め、朔良はさんさんと陽晒しになった石垣の間からヘブンズブルーの海を見下ろした。

吹いてくる風、潮の香り交じりに、公園のまわりを彩った梨の木——ペーラ・マンテキージャの濃密な香りがあたりに漂う。

公園の中央にあるひときわ巨大な梨の木の上からブラックジャガーの影が伸びていた。

彼だ。

目を上げると、ジャガーではなく、士官学校の制服姿の彼がそこに佇んでいた。

「こんなところで無防備に寝て。泥棒や強盗にあったらどうする気だ」

眼帯をつけた美貌の男が、制服を身にまとっている禁欲的な姿は、妖しい色香に満ちている。

「どうして……みんなと祭にくりださない」

「……そんな気になれなかっただけだ」

「では、私と出かけるか」

「あなたと?」

「そう、明日から独立記念祭だ。街は騒がしいぞ」

独立記念祭。ブラジルのリオのカーニバルと、ベネツィアの仮面のカーニバルを足して二で割り、さらにスペインの春祭の雰囲気を加えたような祭らしい。

「――どうしたんだ、変な顔をして。私と出かけるのはイヤか」

「イヤもなにも……めずらしいなと思って」

「つまりうれしいということだな」

「ああ」

半身を起こし、自嘲気味に言うと、アルベールがおかしそうに笑う。

「自覚しているのか。立派だ。では、一緒に」

「生まれて初めてだ。こんなふうに人があふれている下町を歩くのは」

アルベールは道路を横切っていくバイクや自転車の群れ、それにアフロアメリカンたちの物売りの姿を眺めている。

各民族の衣装。ジャガー神のかぶりものを頭に乗せた者、原住民の姿の者、アフリカ風の衣装を身につけた者、雑多な民族の入り交じった祭。

「ロブスターを食べよう。フェリアの会場に行くぞ」

アルベールを狙っている者がいないかチェックをしながら歩き、ふたりはバスの乗り場にむかった。

「こんな乗りものに乗るのは初めてだ」

「バスに乗るときはこうするんだ」

ポケットからペソコインを出し、売店でバスカードを買う。

「金が必要なのか」

「泥棒大国でなにをやってるんだ、財布なんて出して。狙ってくれといわんばかりだ。どこからスリや強盗が現れるかわからないのに」

「頼りになる男だ」

「あなたがだめすぎる」

「そんなことを言われたのは初めてだ。神の使いにむかってよく言う」

「なにが神の使いだ。バスにも乗ったことがないくせに」

そんなやりとりをしているうちに、バスは祭の中心地、旧市街に到着した。

目の前に真白な教会の見える広い通りを渡り、ごちゃごちゃと露天が建ち並び、人々が楽しげに踊っている広場へとむかう。

迷路のように入り組んだ屋根付きの露天商が所狭しと軒を並べる空間に足を踏み入れると、ふっと南米独特の強い香辛料の匂いや甘い果実の匂いが鼻腔に触れる。

ブラジルのサンバ・カーニバルのような格好で練り歩いている女性。

アフリカ由来の土着宗教カンドンブレの儀式のような白い衣装をまとって踊っているアフロアメリカンたち。

欧米からの観光客が楽しそうに写真を撮っている。

ざわざわとした人々の喧噪が飽和し、不思議なほどにぎやかな空間になっていた。

観光客でごったがえす狂騒的なカオスのような通路を通りぬけようとすると、アルベールは面白そうな露天商を発見するたびに足を止めた。

「朔良、これは何なんだ」

「それは、この国名産のカーネーション専門の店だ」

「美しいな。これはいくらだ？」

アルベールの質問に、露天商の前にいたメスティーソの女性が値段を言う。

「わかった。一輪、買おう。朔良、財布を」

「アルベール……相場の百倍だ」

「百倍だと？　この安さで」

「カーネーションなら、学校の庭にいっぱい咲いているじゃないか。露天では財布を出したら駄目だ」

ジャガー神の化身のくせに、手のかかる子どものようだ。彼が泣く子も黙るドン・ソレルの後継者だとは誰も信じないだろう。

「楽しいな。ふたりだけのお忍びの街歩きというのも。こうして私が自由に過ごせる時間ももう少ししかないだろう」

街の光に目を細め、アルベールがぽつりと呟く。

「え……」

「父の具合が悪いらしい。私に学校をやめて欲しいと連絡がきた」

「……っ」

「私を呼び寄せるつもりだ」

「後継者になるのか」

「私の封印を解き、ジャガー神の力で命を再生させ、この世での権力を手に入れたい。だから枕元に呼び寄せたいのだ」

「バカな……」

「私はそのために、父に放し飼いにされていただけの存在だ」

「え……」

「私の封印を解けば、父は命を再生させ、世界を手に入れることができる」

「それでいいのか」

「その前に父を殺す」

「え……」

朔良は目をみはった。一瞬、その言葉に驚いたからだ。

「病室に呼ばれたときがチャンスだ。この手で殺す」

アルベールがそう言ったとき、ふいに雷が轟き、あたりがカッと明るくなった。思わず朔良は信じられないものを見るような眼差しで彼を見ていた。

彼と父親との関係、彼の父親がどのような悪の象徴なのか——ということを一瞬失念し、父親を殺すという言葉だけが頭のなかに響いたからだ。

そう、自分の立場で想像してしまったため、恐ろしいものでも見るような目でアルベールを見てしまったのだ。

「……っ」

朔良のそんな感情に気づいたのだろう、アルベールは視線を落とし、泣きそうな顔で口元に微笑を浮かべた。

「アルベール……俺は……」

「なにも言うな」

アルベールは上空をふりあおいだ。

細い雨が降りだし、いっせいに身体に叩きつけてくるスコールへと変化する。さっき、海のほうで雷が光っていたような気がする。

天空から海へと何本もの光の筋が伸びていく。

けれど音がしない。雨の音以外、なにもしないのだ。

雨はいっそう激しくなっていく。まわりの道は、あっというまに滝が流れるような勢いで水があふれ、川のようになっていた。

「神の怒りだ。父の再生を阻もうとする」

「本当に？」

「ああ、私にはわかる」

カリブ海のむこうで幾重にも雷が光っている。

夕陽を浴びていたエメラルドグリーンの海原がいつしか灰色の海に変化し、バケツの水を叩きつけるような雨と風に大きく波立っていた。

「アルベール、あっちへ、雨宿りを」

アルベールの腕を引っぱって路地にむかおうとした。しかし彼はその手を払った。

「いい……ひとりにしてくれ」

「ダメだ、こんなところで」

「大丈夫だ、誰も私を殺すことはできないし、私は大丈夫だ」

そう言うと、アルベールは朔良に背をむけた。

「待ってくれ」

しかし朔良を無視し、アルベールは大勢の人々がごったがえす街の奥に入りこんでいく。

叩きつけるような激しい雨に。立て続けに何十回と放たれる雷光。

時々、地鳴りのような音がし、雷鳴による震動に、一瞬、目を閉じた次の瞬間、アルベールの姿を見失っていた。

傷つけた。今、恐ろしいと思った感情を彼は読みとってしまった。そして彼の心を傷つけたのだ。

「アルベール……違う、違うんだ」

ああ、何てバカなことをしてしまったのだろう。

彼が自分を理解しようと歩み寄ってくれているのに、自分は彼に歩み寄っていなかった。

そのことに気づいた。

だから、ほんの刹那、あんな顔をしてしまったのだ。

彼にとっての父親は、朔良にとっての父親とは違う。

愛情からではなく、ただその力を利用するためだけに、この世に誕生させられたのだ。

彼はそう言っていたのに、だから、それを利用されまいと、そのために父親を抹殺すると言っていたのに。

（アルベール……わかってなかったのは、俺のほうだ……俺のほうが）

そう、彼にばかり求めていた。人間ではない、ジャガーだからと思って、彼にだけ変化を求めていた。

自分だって変わらなければいけなかったのに。彼を愛している以上、彼を理解しなければいけなかったのに。

8　本当の婚姻

謝らなければ……。さっきは自分が悪かったと。

「アルベール……俺は……」

その日、学校にもどると、すでに帰っていたアルベールは、旅に出る支度をしていた。

「――父のもとに行くことになった。容態が一進一退をくりかえしている。早めに学校を離れなければならない」

「どのくらい」

「少なくとも、学校が休みの一週間は。体調が回復したら……もどってくることは可能だ。とりあえず父のもとに向かう」

「場所は？」

「キューバのハバナにいる。飛行機で送迎して欲しい」

「あ、ああ。あの……それでこの前のことだけど」

「気にするな。私とおまえが理解しあえないのは仕方のないことだ。最初からそうだったではないか。おまえの真意でないのはわかっているから」

「だけど……」

「今はそんなことを言っているときではない、父の元へ急がないと」

「あ、ああ、そうだったな」

「それにしてもこんな形でおまえの飛行機に乗ることになるとはな」

彼のプライベートジェット。

その四人乗りの小型飛行機に、シモンともう一人、別の護衛を乗せて、朔良は彼らをキューバの首都ハバナまで送迎することになった。

出発前、一人で飛行機の点検をしていると、制服姿のアルベールが現れ、朔良に書類の入った封筒を渡した。

「もし私の身になにかあったら、おまえはひとりでこの飛行機を使って、ここにもどってこい。念のため、この学校の名義をおまえに書き換えておいた」

「え……俺にって……そんなこと」

「そのほうが安全だと思ったからだ」

書類には、学校の所有者の名前が朔良になっている。

証人として、セヴァスティアン・ゴールドマンというセヴァスの名が記されていた。

「なにかあったら、彼がすべて助けてくれる。父の対立組織のメキシコの麻薬王を倒すときに協力しあった。おまえのことを託してある」

「ありがとう、だけど……俺はあなたから離れて生きていけないんじゃないのか。寿命が尽きるのでは」

「その方法も彼に訊け」

「方法があるの？」

朔良が問いかけると、アルベールは少し淋しそうな顔で苦笑した。

「嬉しそうだな」

嬉しいのは、そのせいではない。

「まあ、いい。そういうことだ。とにかく行く準備をすすめてくれ。出発は一時間後だ」


カルタヘナの独立記念祭でにぎわう街や学校をあとにし、アルベールを乗せ、朔良は小型ジェット機で空に飛び立った。

カルタヘナの近くはエメラルドグリーンだった海原は、キューバに近づくにつれ、だんだん濃いマリンブルーへと変わっていく。

天気がいいので、上空は見わたすかぎりの蒼い空に包まれている。

それでも途中で何度か雲のなかに入りこみながら、やがてカリブ海の真珠と呼ばれる美しい島にたどり着いた。

「朔良、これを忘れるな」

飛行機から出る前に、隣の席に座ったアルベールがどさっと小さなトランクを差し出す。

開けると、銃と弾丸、ショルダーホルスターがついていた。

そのなかから銃をとりだすと、朔良は空のマガジンのスライドをひいて弾丸を押しこんだ。

入念に安全装置を確認し、もう一度チェックを済ませてショルダーホルスターに差しこんで上着をはおると、朔良は飛行機を格納庫に収納した。

外に出たとたん、ムッとした空気が肌に絡みついてきた。

湿度の高いどんよりとした熱気が立ちこめている。それに強烈な陽差しが皮膚に突き刺さる、息苦しいほどの酷暑だった。

簡単な入国審査、税関審査を終えると、空港の外に出る。

公共機関はなく、迎えのリムジンがやってきていた。

ハバナの郊外、海沿いのコロニアル風の大邸宅が、ドン・ソレルの別荘になっていた。アルベールが帰宅すると、銃をたずさえた軍隊さながらの部下たちが彼の身をとりかこみ、護衛をしながらドン・ソレルのもとへと案内していく。

朔良は小型ジェットのパイロットとして紹介され、邸宅とは別の、来客用の離れの一室をあてがわれた。

この街も天国のように美しいのに、あまりの物々しい警備に圧倒される。

カルタヘナの学校とはまったく違った殺伐とした空気を感じずにはいられない。

(ドン・ソレルは……メキシコのアレナス亡きあと……カリブ海の麻薬王と恐れられ、絶大な力と莫大な富を有しているというが……)

朔良が過ごすようにと言われたのは、海に面した一階の部屋で、海の見える空間にプールや美しい庭園が広がっていた。

真っ白な椅子、パラソル、それからテーブルにはカリブ海沿岸で採れる果実がふんだんに用意され、シャンパングラスとフルーツ皿が並べられていた。

「どうぞ」

専用の使用人なのだろうか。ホテルマンのような白い服を着た男がテーブルに小さなカナッペの入った小皿を置き、シャンパングラスにとくとくと黄金色の発泡酒を注いでいく。

「あ、あの」

「アルベールさまから朔良さまの接待を頼まれているピサロという者です。こちら、フランスからとりよせた最高級のドンペリニョンです。どうぞ疲れを癒やしてください」

そう言われても困る。いついかなるときも飛行機の操縦ができるよう、アルコールは控えるようにしているし、アルベールからじかに飲食の許可が下りていないので、下手になにか身体のなかにとりいれたくはなかった。

「ご遠慮なく」

「でも、アルコールはちょっと」

「アルコールが苦手でしたら、では、カリブのフルーツを使ったジュースをご用意しましょう。お好きな果物はありますか。それともカフェにしますか」

「……今はなにも」

「それでは私どもがアルベールさまから注意を受けます」

困ったように言われ、ピサロがその場で搾った洋梨のジュースを手渡される。

その場で搾ったので大丈夫だろう。

朔良がグラスを手にした瞬間、そこにふいにナイフが飛んできた。

「……っ」

手元をかすめかかったナイフにはっとした瞬間、グラスが手からこぼれ落ち、洋梨の果実水が朔良の腿を濡らす。

見れば、プールの反対側にアルベールが立っていた。

突き刺すような視線を感じ、朔良はなにか恐ろしい空気を感じた。

次の瞬間、ピサロは朔良のこめかみにむけて銃を突きつけた。

「アルベールさま、ドンの命令です。邪魔をしないでください」

「……っ」

朔良は殺気を感じ、身をこわばらせた。こめかみの皮膚を圧する冷たい銃口の感触に、朔良は息を殺した。冷酷そうな男の人差し指がトリガーにかかっている。

「トリガーを引いた瞬間、私の銃弾がおまえの眉間を撃ち抜くぞ、ピサロ」

すごんだアルベールの声に、ピサロはおかしそうに笑った。

「いいですよ、どうぞ撃ち抜いてください」

「父から脅されているんだな。あの男のやりそうなことだ。どうせおまえの家族を人質にとって、命を差し出せと言ったんだろう」

「よくご存じで」

ピサロの諦めたような笑みに朔良は激しい怒りを感じた。

胸の底からこみあげる激昂《げきこう》は何だろう。ピサロの行動への怒りか。いや、違う、金で脅し、命を捨てさせようとするドン・ソレルのやり方だ。

「残念ながら、このままこの日系人を元の世界に戻すことはできないのです」

「その男は私のつがいだぞ」

「だからです。だから、この男を抹殺しなければなりません。あなたの伴侶はドン・ソレルの娘と決まっています」

「異母妹と近親相姦する気はない。ピサロ、おまえもカトリックの信者なら、ドンが命令していることがどれほどの罪なのかわかるだろう」

「私には何とも言えません」

ピサロがそう言った瞬間、ふいに不吉な予感をおぼえた。

その直後、アルベールの背後——敷地の外の灯台できらりと光るものが見えた。

音もなく飛んできた銃弾がピサロの胸を貫通していた。彼の手から銃が離れ、着弾の衝撃が彼の身体を傾かせていく。

「う……っ」

そのまま彼がプールに落ちていく。

ぐったりとプールに浮いている遺体、水に広がっていく深紅の血液……。

さっきまで朔良を狙っていた男が今は死者となってプールに浮いている。

「危険だ、こい、帰るぞ」

アルベールに言われ、彼のところに近づく。

「詳しいことはあとで話す。私に捕まってろ」

アルベールはそう言うと、ジャガーに姿を変えた。

しなやかなブラックジャガー。彼の背に乗ったまま、キューバの密林を駆けぬけていく。

そのまま密林の奥に行くかと思ったが、彼が到着したのは市街地の外国人むけの豪奢なホテルだった。

「ここは私の息のかかった場所だ。出国の準備ができたら連絡がくる。シモンたちは船で、私はおまえとこのホテルの上のヘリポートから空港に移動し、空港から最新鋭の戦闘機でカルタヘナに戻る」

「戦闘機って、種類は」

「ファントムだ。操縦できるだろう」

「あ、ああ」

その後、朔良はアルベールから実は呼び出されたのが罠《わな》だった話を聞かされた。

「父は、私のつがいがおまえでは不服なのだ。別のジャガー一族の娘——愛人との間に生まれた彼の娘と結婚させたいらしい。よりつながりを深くするために」

「では、俺を殺すために」

「おまえを殺し、私につがいとの行為を強要するために」

「何のために」

「組織のためだ。そして金のため」

誰も信じられない。誰も信じてはいけない。彼は殺伐としたどうしようもない世界に生まれ育ったのだと痛感した。

「アルベール……残酷な組織だな、あなたの父親のいるところは」

「そうした組織は好きになれないか」

「当然だ」

「だが、私はこの組織のため、この世に生を成したんだよ」

「アルベール……」

「この組織に莫大な富と、人間の寿命よりも長い命、権力、人智を超えた力が私のなかに存在する。それをこの世に作りだすため、父はジャガー神の子孫を無理やり拉致《らち》し、毎夜のように犯し続けた」

両性具有だったという彼の母親のことか。

「そして生まれたのが私だ。だが母のライミは父をつがいと認めず、代々、受け継がれてきたエル・ドラドの黄金の欠片《かけら》を呑み込み、私を生け贄にして、すべてを滅ぼそうと考えた」

「確か地下神殿につながれているって。あなたが許さないかぎり……」

「許すもなにも……おまえを殺そうとしたから罰を与えた」

淡く微笑し、アルベールは朔良を抱きしめた。

「もともと母には憎しみも愛情もない。ただ、あそこにつないでいなければ、また父に利用される。母にとってそんな生き地獄はもうたくさんだ。だから眠らせたまま、つないでいたが、父のもとにいく決意をしたとき、目覚めさせ、解放した」

眠らせたまま……。

やはりこの男は、優しい、そう思った。感情がない、愛も憎しみもないと言っているが、長い間、意識を保たせたままではかわいそうだと本能的に思い、眠らせたまま、地下につないだのだろう。そして母親を利用する者がいなくなったあと、きちんと目覚めさせ、解放しようという考えで。

「今は、記憶を失い、ジャガー神としての力もなくし、ただのふつうのジャガーとして生きている。その代わり、私が黄金の欠片を受け継ぐことになった」

「では、今のあなたの身体には」

「そう、ジャガー神の印、エル・ドラドの黄金の欠片が封印されている。どこでどうつながっているのかわからないが、私はそれ以来、世界を破壊するほどの能力を発揮してしまう力の持ち主になってしまった」

「どんな?」

「さあ、その力については、おまえと出会った神殿の絵に記されている。あのノアの方舟のレリーフの裏側にある」

アルベールはスマートフォンのなかにある写真を見せてくれた。

宗教画のような、いや、神話だろうか、ひどく不思議な絵だった。

ジャガーとコンドルの間にいる死神の絵……だろうか。死神が数体踊っているような不思議な絵だ。タロットカードの大アルカナの寓意画《ぐうい》に似ているような似ていないような。

「それは死神とも言われているが、我々にとっては破壊の神の末裔《まつえい》とも言われている」

アルベールは手を伸ばし、そこに記された絵をすっと指でなぞった。

「破壊の神？」

「破壊の神、天の神ではなく、ブラックジャガーが破壊の神の力を解き放ったとき、世界は滅ぶ。それを制御できるのは清らかな魂を持った者。つまり選ばれし者だ」

目を瞑ると、数千年前、文明が交錯していた広大なあの密林の大地が浮かんでくる。

あざやかな青空を背に、人の立ち入れない深い密林がどこまでも広がっている大地。

ノアの方舟が到着し、そのむこうにあるジャガー神の神殿へと案内される。そこから始まった文明。動物は密林にむかい、人々はそこで家族を造り、集落を育んでいった。

「その力をマフィアが手に入れたらどうなる。この世の秩序を失う。だから私は父に従ってマフィアになると忠誠を誓い、従順な振りをして、自分のための軍隊が欲しいとごまかして、あの学校を手に入れ、マフィアに対抗できる尊い知識とイデオロギーを持った真の国民を育てることを考えたのだ」

「それがあの学校を創った理由なのか」

「そうだ、おまえと一緒に行くと決めた楽園は……あの学校だ」

そういうことだったのか。エル・ドラド——それはどこか別の世界のものではなく、この世を幸福にするためのあの楽園だった。

「まだ結果は出ていないが、教育こそが、秩序と理性を作りあげるもののはずだから。そうなれば、この力は必要なくなる」

何という大きな目で世界を見ている男だったのだろう。

「すごいな、とてつもなくあんたは大きい男だったのか」

権利も地位も金も美貌も頭脳もありながら、誰かに命を狙われ、親とも交流がなく、人としての感情を知らないまま育つなかで、ただひとり、そんな大きなことを考えいたなんて。

そのとき、外で大きな爆破音がした。

窓の外で大きな爆弾騒ぎが起きている。ホテルのなかに響きわたるサイレン。

「父の追っ手だ」

「……っ」

「彼らの狙いはおまえの命と私の捕獲だ。私は殺されることはない。私が囮《おとり》になる」

「捕獲って」

「私から自由を奪う気だ」

朔良は愕然とした。

「気にするな。おまえは、そのまま屋上からヘリに乗って空港にむかえ。空港にシモンがいる。あいつから戦闘機の場所を聞いて、それでコロンビアにもどるんだ」

「だけど」

「学校を頼む。セヴァスがおまえを助けてくれるはずだ。だからあとのことは任せたぞ」

「待て……」

「生きていれば、あとからすぐにカルタヘナにむかう」

アルベールは朔良の唇にキスをすると、ブラックジャガーに姿を変えて窓から外に降りた。

「待ってくれ」

捕獲……自由を奪う。おそらく彼は捕まってしまうと、監禁され、ドン・ソレルの娘と無理やり婚姻させられ、望んでもいない形で、彼の母親のようにされてしまうのではないか。

(駄目だ、彼を囮になんてさせられない。俺は護るって約束した)

これまで自分はどれだけ助けられてきたのか。どれほど深い愛で彼から求められてきたのか。

そしてどれほど彼を愛しているか。

「ひとりで勝手なことをするな。アルベール、俺があなたを護るんだろう、俺はあなたのつがいだ、愛しい伴侶だ、なら、なにもかもひきうけてやる」

はっきりと決意した。彼の理想としているエルドラド——それが学校教育であったのなら、彼を支え、共にその楽園を繁栄させることが自分の使命だ。妻としての役目だ。

一緒に造る。

この国の、そして南米の未来を楽園にできるような世界を。その礎《いしずえ》を。

そう思うと力が湧いてきた。そして限りない幸福感に満たされた。

彼を護ろう、支えよう、彼と生きていく。それを伝えるために彼を護らなければ。

窓から外を見ると、彼が街の一番高台にある教会の尖塔《せんとう》にいる。自分を囮にすると言ったとおり、組織の追っ手が彼にむかって集まっていくのが見える。

彼を護る。どうすれば護れるのか。

ヘリコプターで助けに行くのは無理だ。撃たれたら、ヘリごと墜落してしまう。

朔良は制服を脱ぎ捨て、地元の警察官に金を払って制服を借り、サングラスをかけて自分だとわからないようにして組織の者に近づいていった。

教会の前。十数人のマフィアが銃を手に、尖塔にいるジャガーに銃口を向けている。

「おい、警察官がくるところじゃないぞ」

近づいてくる男が肩に手をかけた瞬間、朔良は男の股間を蹴りあげた。

そしてその後ろにいた男を狙って銃弾を放った。

一回転し、はじけ飛ぶ。彼が手にしていたマシンガンを奪う。

その横にいた男たちの隣の鉢植えを撃ち、彼らがはっとした瞬間、次々とマシンガンで銃を持つ手と脚を撃ちぬいていった。

「借りるぞ」

近くにあったバイクに飛び乗り、バックミラーで確認し、追ってくる男たちの車のタイヤを撃ち抜いた。

教会の前の階段をバイクで駆けのぼり、教会の上にいるジャガーに声をかける。

「アルベール、迎えにきた。行くぞ‼」

しなやかに身を翻し、人間の姿になったかと思うと、朔良の後部座席に飛び移る。

「しっかり捕まってろ」

アクセルをふかして、懐からピストルを取りだし、まわりのマフィアたちに撃ち放って、タイヤが狙われないよう走行して、空港への道をいく。

「バカなやつだ、どうして迎えにきた」

「あなたを一人にしたくなかったからだ」

「まあ、いい。助かるのが先決だ。停めろ」

「駄目だ、停めたら」

「封印を解く。代わりに、なにかあったときはおまえが私を制御しろ」

「制御って」

バイクから降り、追いかけてくるマフィアたちの車を見据え、アルベールはすうっと迷いもなく眼帯をとった。

まわりはサボテンやサトウキビの畑。見わたす限りの長閑《のどか》な国道。

あたりを見まわしたあと、アルベールは上空を振りあおいだ。

その瞬間、天空でなにか光が閃《ひらめ》くのが見えた。

「伏せろっ、朔良」

彼に突き飛ばされ、地面に倒れこんだ朔良がはっと振り向いた瞬間、目の前で一斉にストロボが焚《た》かれたような光が奔った。

凄《すさ》まじい爆音があたりに響き渡る。

そのとき、追いかけていた車が宙に吹き飛び、螺旋《らせん》を描くような竜巻が湧き起こった。立て続けにあたりに爆《は》ぜる激しい炸裂音《さくれつおん》。上空からは音のしない雷。以前に彼が神の怒りと言っていたような。

竜巻に巻きこまれた車が次々とサトウキビ畑のずっとむこうのほうに飛ばされ、地面に落下しては炎上していくのが見える。

朔良は凍りついたように硬直したまま、身動きもとれずその場に伏していた。

目を閉じることも大声を出すこともできず、なにが起きているのかもわからないまま、そこに硬直していることしかできない。

竜巻はさらに激しくなり、爆音が炸裂し、あたりに一斉に土煙がたちこめた。

ドーンという、ダイナマイトかなにかが爆発したような音だ。

あまりの土煙に眼球に細かな石が入ってきたような痛みを感じる。

「止めてくれ、私を」

「止めてってどうやって」

「ただ止めるだけでいい」

そう言われても。その方法がわからないまま、いつしか竜巻があちこちの建物を巻きこみ続けていく。

「おまえに止められないなら……自分で止めるしかない」

アルベールはそう言うと、銃をとりだし、自分のこめかみにむけた。

「待て、やめろ」

朔良はとっさに起きあがり、彼の手を止めた。

「自死できないんじゃないのか」

「弱らせることはできる。こうするしか力は止められない。おまえは空港から逃げろ」

「駄目だ、何のためにあなたを助けたと思うんだ。そんな目に遭わせるためじゃない。俺と一緒に行こう」

「愛してもいないのに？」

「愛してるよ、わからないのか、見えないのか、気づいただろ、この前も俺の色彩に。こんなにも愛しているのに」

朔良はそう言うと、アルベールの肩に手をかけ、自分に引きよせて彼にくちづけした。

「ん……っ……っ」

アルベールの手が背中にまわる。

彼が愛しい。大好きだ。一緒に生きていく。ひとりぼっちにさせない。

心のなかで強くそう思ったとき、すうっとまわりの竜巻が収まり、あたりに静けさがもどっていく。雷も消えていた。

（これでいいのか。ただこれだけで）

悪を制御することの意味がまだわからないが、あきらかに竜巻も雷も姿を消し、もとの美しい田園風景にもどっていた。

神々しいばかりの太陽の光に蒼い空。

世界がもどった。そのことに、しばらく朔良とアルベールは呆然としていた。そのあと顔を見合わせ、どちらからともなくくちづけを交わした。

もしかすると、彼にはただ愛が必要なだけだったのだ。

そのことをはっきりと実感した。


それからどのくらいふたりでそこに佇み、空を見あげていただろう。

ようやく冷静になり、コロンビアに帰ることにした。

そしてふたりで港に逃げようとしたとき、事態が急変していることに気づいた。

アルベールの電話が鳴った。

「朔良……今、父が亡くなったという連絡が入った」

あの竜巻によって邸宅が破壊され、そのまま家ごと海のなかに崩落していったらしい。

アルベールは満足げに笑った。

「ついに私は父を殺したわけだ」

「後悔はしてないんだろう。マフィアを倒せたんだから」

「後悔？　ああ、まったく。もともとそのつもりだったからな」

「では、もう世界をあなたが支配するのに何の問題もなくなったわけだ」

「ああ」

アルベールは、しかしやるせなさそうな顔をしていた。

「このあとジャガーになった私と、人豹帝国の神殿で交尾をすれば、おまえはもうジャガーのつがいとしてしか生きることができない。今はまだ最後の最後でとどまっている形だが、そうなれば、おまえは人間として生きることはできなくなるだろう」

「……っ」

「今後、学校だけでなく、私は巨大なマフィア組織と人豹帝国を背負っていくことになった。考えると、壮大すぎて面倒くさい。すべてをなげうってしまいたい。どうだ、一緒に逃亡し、あの密林でふたりだけで暮らさないか」

手を差し出すアルベール。カリブの上空の月が今夜はいつになく冴え冴えと明るい。

朔良はまっすぐ彼を見つめた。ここから逃げて。彼とふたりで。

ウソだ。彼はそう言っているだけだ。こちらの決意を確かめるために。彼の強いこれまでの決意や生き様から、そんな逃げ腰のことを本気で言わないのはわかっていた。

「だめだ、そんなことは許されない、組織を継げ」

「一緒に背負ってくれるのか」

「ああ、当然だ。だから継ぐんだ」

「では、私の本当の花嫁になってくれるのだな」

本当の花嫁。それはジャガーの彼とあの神殿で肉体的に結合すること。彼はそれまでに多くの課題があると言っていたが、これまでの日々がその課題だった、ようやく時が熟したのだというのがわかった。

「ああ、行こう。おまえの花嫁にしてくれ」

しんとした密林の生気が包まれるおごそかな空間。

大地が地底湖のあったところまで陥没し、切り立った岩肌に囲まれながらも、豊かな緑の木々に囲まれ、紫の桜が一斉に咲き競っている神殿跡は幻想的な美しさに満ちていた。

不思議なほど魂が落ち着く。かつて祈りを捧げられていた場所。

泉の中央で水浴しているアルベール。

青々とした木々と紫の花を映しだし、月の光に照らされている泉は神々しい。

苔むした岩のむこうから、ぽとり、と熟れたペーラ・マンテキージャが水面へと落ちていく。

その甘い香気が広がるなか、朔良は衣服をすべて脱ぎ捨てて泉に身を浸していった。

足先を浸したとたん、凜とした冷たい泉の水に肌が張り詰める。

そうして神聖な泉のなかに踝、ふくらはぎ、ひざ、腿、下腹、腹部、胸、首筋へと順番に浸されていき、肌という肌を冷たい水に覆われる。

魂の底から浄化されていく感覚。爪の先も指先も清浄になっていく気がする。

ああ、今度こそ、ジャガー神の妻、つがいになるのだ。

浅瀬に行き、アルベールの身体に水をかけ、ジャガーから全身を舐められ、互いに聖なる密林の水で禊《みそぎ》をする。

いつしかその場で抱きあい、くちづけを交わしていた。

「ん……ふ……ん……っ」

ひとしきりキスをしたあと、彼が確かめてくる。

「後悔はしないな。私と真の結合をしてしまうと、おまえは、本当にもうひとりでは生きていけなくなるぞ」

あのあと説明された。

ジャガーの彼と交尾をしないまま、一年を過ごせば、朔良の身体にある発情の種は自然と消え、元の人間として生きていくことができると。

要するに、婚約、或いは仮契約みたいなものだったのだろう。

その代わり、ジャガーの彼と交尾をしてしまうと、真に婚姻がなされたことになり、ジャガー神の花嫁として、二度と人間にはもどれなくなる。

彼と同じ寿命を持ち、彼が死ぬときまで生きる。そういう人生を歩むことになるらしい。

その話を説明されたとき、朔良はほっとした。

では、それなら彼がもうひとりぼっちになることはない。自分とふたり、永遠に同じ時を生きていくのだということがわかって。

「後悔なんてないよ。反対にあなたとどうしてもっと早くつながらなかったのだろうと後悔している。一緒の寿命を生きていけるなんて、どんなに幸せか。今、俺は一刻も早く結ばれたくて仕方ないよ」

そう、そうすればもっともっと力になれることがあった気がするから。

だが、そうしなかったこの男の優しさ。無理強いすれば、いくらでもできたのに、彼は朔良の気持ちと環境が整うまで待ち続けた。

「男らしい男だ」

そういうところに惚れたんだろう——と言いたかったが、やめた。

今日は神聖な日だから。

護りたい。ここで、鎖につながれていた彼を見たときから、その気持ちは変わらない。

自分は彼を護りたいのだ。愛しているから。

「神に誓う。ジャガーの花嫁として生きていく。俺はアルベールのために生まれ、アルベールのために生き、アルベールのために死んでいく」

あの詩の一節を口にする。かつてここで命を助けられたときと同じ言葉。だが、その重みがどれほど違うか、今自分の言葉にしてはっきりとわかった。

愛がそこにこめられていることが。

por vos naci, por vos tengo la vida, por vos he de morir, y por vos muero.

ガルシラソ・デ・ラ・ヴェガのソネットだった。

きみゆえに生まれ、きみにゆえにこの人生があり、きみゆえに死に、きみのために死ぬという意味。

「私も誓う、朔良。愛しい私の妻、花嫁、永遠の恋人。Por vos nací, por vos tengo la vida, por vos he de morir, y por vos muero.」

同じように彼も誓いを口にする。

彼の言葉の響きが以前と違って聞こえる。

そこに深い愛がこめられているのがわかって幸福だった。

朔良がそう言うと、ふっと自分にかかる彼の影が大きくなるのがわかった。

そして神殿の壁に、月の光に照らされたジャガーと自分の影が黒々と刻まれているのが見えた瞬間、ぐっと大きなものが体内に侵入してくるのがわかった。

ジャガーの肉塊が狭い孔《あな》を広げて一気に奥へと埋めこまれていく。

痛い。けれどそれは一瞬のことだった。

愛情と禊ぎによってすでに充分に準備ができていた朔良の肉体は、彼との結合を心地よく受け入れることができた。

「ん……っ……っ」

朔良の腰をつかみ、彼が体内に深く抉りこんでくる。

すっぽりとそれが収まったあとは、不思議なほどの快感しか湧いてこなかった。

愛があるからだ。だから何の痛みもなく、心地よい悦楽しか感じないのだと思った。

満天の星空がやわらかくふたりの上空を覆っている。

透明な青白い月に照らされた静かな密林の静かな神殿。

ふたりが幸せな時間を過ごしてきた場所。

果てしない幸せに包まれながら、その夜、朔良はジャガーの花嫁となった。

明日からふたりで生きていく毎日を楽しみに感じながら。

そしてまたふたりで空を飛ぶのを楽しみにしながら。

エピローグ

ブラックジャガーの背に乗り、密林を駆け抜けていく。断崖からふわっと彼が飛びあがると、大地にその影が映る。うっすらと。

ジャガーのつがい、コンドルとしての役目を与えられたせいか、彼の背に乗っていると、見えない翼が広がったようになり、ふたり一緒なら地下神殿までの数百メートルをふわりと飛び降りていくことができるようになった。

地下に沈んでしまった神殿跡。

今、ここにこられるのは、アルベールと朔良だけになってしまった。

紫の桜——ジャカランダの淡い花びらがふたりを迎えてくれる。

神秘的な紫の花は、ひんやりとした微風に静かに揺れていた。

見あげると、紫の桜は頭上一面に広がり、そのまわりには梨の木や棕櫚、糸杉……と熱帯の木々の緑が広がり、その葉のすきまから濃密な蒼い空と強烈な太陽の光が見える。

「朔良……」

視線を神殿の跡の片隅に移すと、大きなブラックジャガーが石造りの祭壇の前に身を横たえて、心地よさそうにまどろんでいる。

その背後には、ジャガー神とコンドルのレリーフ。

「アルベール、もう今日でイースターの休みも終わりだな」

「ああ」

独立記念祭のあと、学校が一週間、休みになったので、ふたりでここに新婚旅行にきていた。

誰もいない空間で、ジャガーの彼や人間の彼と愛しあい、密林のなかをくまなく探検したりして、子供のころにもどったみたいで楽しかった。

「ほら、もう今夜で最後なんだから寝てないで、一緒に過ごそうよ」

朔良が身体を揺すると、彼の身体がジャガーから人間へと変化する。さらに彼の眼帯をとると、耳と尻尾が出てきた。

「たまらないな、この耳と尻尾」

最近、彼の耳を甘噛みしたり、尻尾を撫でたりするのが朔良の楽しみになっていた。抱きつくと、彼の腕とともに尻尾も朔良に背に巻きついてくる。

「ん……っ……っ」

神殿の祭壇の上でむかいあうように抱きあって、キスをくりかえす。同じように彼の肩に手をまわし、くちづけに応えながら彼の髪に指を絡めていく。

「ん……っ……っ」

　そのまま猫耳のようにピンと立った耳の裏に軽く爪を立ててぐりぐりすると、彼の尻尾がなやましく揺れ始める。

　なぜか、それだけでじぃんと胸の奥が疼き始めて困ってしまう。

「ん……っ……ん……」

　ひとしきりくちづけしたあと、アルベールの猫耳を手で撫でる。アルベールは恥ずかしそうに苦笑した。

「おまえは、この耳と尻尾がずいぶんとお気に入りだな」

「かわいいじゃないか。こんな耳と尻尾があなたにあるなんて、世界中で知っているのは俺だけだから」

　朔良が耳をかぷっと甘噛みしようとすると、アルベールはそれを邪魔するかのように眼帯をつけた。するとしゅっと彼の耳と尻尾が消えてしまう。

「もう……せっかく楽しんでいるのに」

「おまえのおもちゃにされてたまるか。自分にあんなものがあって、どれほど恥ずかしいかおまえにはわからないだろう」

「恥ずかしくないよ、かわいいよ」

「それを言うなら、おまえの背中のほうがかわいい」

アルベールはそう言って、朔良の肩甲骨のあたりにキスしてきた。

「アルベール……」

「ここに、ときどき、翼が見えるようになった」

「俺には見えないのに」

「そう、私にだけ見える。断崖から一緒に飛ぶときだけだが、おまえがコンドルの役割をしてくれるようになったのがわかり、嬉しくなる」

「まいったな、そんなものが生えてきたら」

「大丈夫だ、私にしか見えないのだから」

そう言って、アルベールは朔良の背を抱き寄せ、額やこめかみにキスをしてきた。

「ありがとう、朔良……」

耳元で彼が囁く。じっと見つめると、彼は愛しそうに朔良を見つめていた。

「何でお礼なんて」

「私と一緒に生きることを選んでくれて。いや、その前からだ。命を助けてくれて。おまえが助けてくれた命は無駄にしない。この国に本当のエル・ドラド——楽園を造るために努力していく。だから、楽園が完成するまでそばにいてくれ」

祈るような言葉に、朔良は笑顔でうなずいた。

「ああ、どこまでも、いつまでも一緒にいるよ」

この人の命を助けてよかった……そう思った。

あのとき、神に捧げられ、密林の聖霊となる運命だった生け贄。

なにかに導かれるようにあの場所に行った。

今なら、あれは偶然ではないことがわかる。

彼を助け、愛し、こうして一緒にいるための運命だったと。

それこそが神の意志のように感じる。

「また明日から……学園生活が始まるな」

「ああ、楽しみだ。また新しい飛行機に乗れる」

エル・ドラド——伝説の国は存在しない。

これから創っていくのだ、ふたりで。あの士官学校で、彼が理想とする教育によって、人々を楽園の住民にするために。

その手助けをしながら、彼を支え、そしてふたりで楽園を造っていく人生を歩める。

なんて幸せだろうと思った。

これからふたりで過ごす日々を考えただけでわくわくしてきた。

あの美しい場所で、一緒に豊かな楽園を造るのだ。

密林を駆け抜ける風がとまった。

ひんやりとした空気が漂い始め、静かに幕が閉じていくように、紫の桜に同化するような紫色の空が広がったかと思うと、星がきらめき始め、きらきらと瞬く光。
肩を抱いていたアルベールの腕がいつしかブラックジャガーのそれに変わっていた。
丸まって横たわっている朔良を抱きしめるブラックジャガー。
朔良は心のなかで彼に話しかけた。
愛しい兄弟《エルマノ》、いや、夫《マリード》——これからもずっと一緒に生きて行こう。
そう、永遠に。

あとがき

こんにちは。お手にとって頂き、ありがとうございます。今回はカリブが舞台のラテン系モフモフ。またまたブラックジャガー×人間のお話です。昨年出したジャガーの遠縁なので被っているキャラや世界観が出てきますが、お話自体は独立していて、ファンタジー設定もいろいろと違います。「長い時間のなかで違う進化を遂げた別の一族」とイメージしてくださいね。

今回もテーマは異種間恋愛。担当様からは「ジャガー神の血をひくスパダリが、男前な受を、カリブの太陽の下で、アハン、ウフンと言わせるエロエロ愛妻教育」とリクエストがあったのですが、蓋を開けると、男前な愛妻に恋人として教育されるヘタレジャガーの話になった気が。最初にミルクを飲まされ、ぷにぷにした肉球で受に甘える赤ん坊ジャガーを書いたため、話が違う方向にいったのかも？　とりあえず肉食獣らしく一直線に、受にむかう人外溺愛攻が、妻の尻に敷かれているあたりを楽しんで頂けたら幸いですが……いかがでしたでしょうか？

今回も色気たっぷりのかっこいい二人を描いてくださった周防佑未先生、本当にありがとうございます。ご一緒でき、幸せを感じています。担当様もいつもありがとうございます。

最後になりましたが、読んでくださった皆様、ラテン系らしく、脳天気で、ちょっと変な人外モフモフ、少しでも楽しんで頂けたら幸いです。感想など、ぜひお聞かせくださいね。

華藤えれな先生、周防佑未先生へのお便り、
本作品に関するご意見、ご感想などは
〒101-8405
東京都千代田区三崎町2-18-11
二見書房　シャレード文庫
「ジャガー神の愛妻教育～カリブ編～」係まで。

本作品は書き下ろしです

CHARADE BUNKO

ジャガー神《しん》の愛妻教育《あいさいきょういく》～カリブ編《へん》～

【著者】華藤《かとう》えれな

【発行所】株式会社二見書房
東京都千代田区三崎町2-18-11
電話　03(3515)2311［営業］
　　　03(3515)2314［編集］
振替　00170-4-2639
【印刷】株式会社 堀内印刷所
【製本】株式会社 村上製本所

落丁・乱丁本はお取り替えいたします。
定価は、カバーに表示してあります。

ISBN978-4-576-16161-7

http://charade.futami.co.jp/

CHARADE BUNKO

スタイリッシュ&スウィートな男たちの恋満載

華藤えれなの本

私のつがいになり、ジャガー神の花嫁として生きろ

ジャガーの王と聖なる婚姻

イラスト＝周防佑未

ジャガーの子供を助けたせいで殺されかかった英智を救ってくれたのは人豹帝国の帝王レオポルトだった。彼の真の姿は漆黒のジャガー。花嫁として密林の奥にある帝国に連れて行かれた英智は、神殿の奥で帝王のつがいとなる神聖にして淫靡な儀式を施され…。尊大にして優美な人豹の王と日本人青年の異類婚姻譚。